세계의 경제 대통령 김용아저씨의 7가지 꿈의 씨앗

세계의 경제 대통령 김용 아저씨의

7가지 꿈의 씨앗

2013년 4월 10일 1판 1쇄 인쇄
2013년 4월 25일 1판 1쇄 발행

글쓴이 | 권충일, 남수진
그린이 | 이솔
펴낸이 | 이종춘
펴낸곳 | BM 성안당
주　소 | (413-120) 경기도 파주시 문발로 112
전　화 | 031-955-0511
팩　스 | 031-955-0510
등　록 | 1973. 2. 1. 제 13-12호
홈페이지 | www.cyber.co.kr

ISBN | 978-89-315-7647-4
정 가 | 12,000원

이 책을 만든 사람들

기획진행 | 이병일
교정 | 이동원
본문디자인 | 하늘창
표지디자인 | 정희선
마케팅 | 변재업, 차정욱, 채재석
홍보 | 최고운
제작 | 구본철

세계의 경제 대통령

김용 아저씨의 꿈의 7가지 씨앗

권충일, 남수진 지음

이솔 그림

BM 성안당

꿈을 위한 작은 씨앗

    이 책의 주인공 김용 아저씨는 반기문 유엔 사무총장과 함께 세계를 이끌어가는 대한민국의 자랑스러운 글로벌 리더랍니다.

    김용 아저씨는 머나먼 나라 미국에서 '나와 다르다'는 이유로 수많은 편견과 차별을 받아야 했답니다. 그런 어려움을 이겨낼 수 있었던 것은 어린 시절부터 소중히 간직해 온 꿈이 있었기 때문이지요.

    그 꿈은 바로 '어려운 사람을 돕는 것'이에요.

    한 걸음씩 한 걸음씩 꿈을 향해 걸어가다 보니 WHO 에이즈 사무국장, 아이비리그 다트머스대 총장, 그리고 마침내 세계의 경제 대통령이라고 불리는 세계은행 총재가 되었답니다.

    많은 사람들은 그가 꿈을 이루었다고 말합니다. 하지만 김용 아

세계의 경제 대통령 김용 아저씨의 7가지 꿈의 씨앗

저씨는 더 큰 꿈을 향해 새로운 도전을 준비하고 있답니다. 그리고 그의 꿈을 향한 도전은 세상 모든 사람이 행복해지는 그날까지 쉼 없이 계속될 것입니다.

여러분은 꿈이 있나요? 그 꿈은 무엇인가요?

여러분은 무엇이든 할 수 있고 또 어떤 사람이든 될 수 있습니다. 한 걸음 또 한 걸음 천천히 나아간다면 오르지 못할 산이 없듯이, 꾸준히 노력한다면 세상에 할 수 없는 일이란 없으니까요.

이 책 속에 담겨 있는 김용 아저씨의 꿈 이야기가 여러분의 꿈을 위한 작은 씨앗이 되어 줄 거라고 선생님은 믿고 있어요. 물론 그 씨 앗에 물과 양분을 주고 큰 나무로 키우는 것은 바로 여러분의 몫이 겠지요.

이 책을 읽고 여러분도 여러분만의 꿈의 씨앗을 뿌리기를 기대 합니다. 그 꿈의 씨앗을 잘 키워서 나라를 위해 일하는 인재, 나아가 세계를 이끄는 글로벌 리더가 되길 바랍니다.

2013년 4월 저자 씀

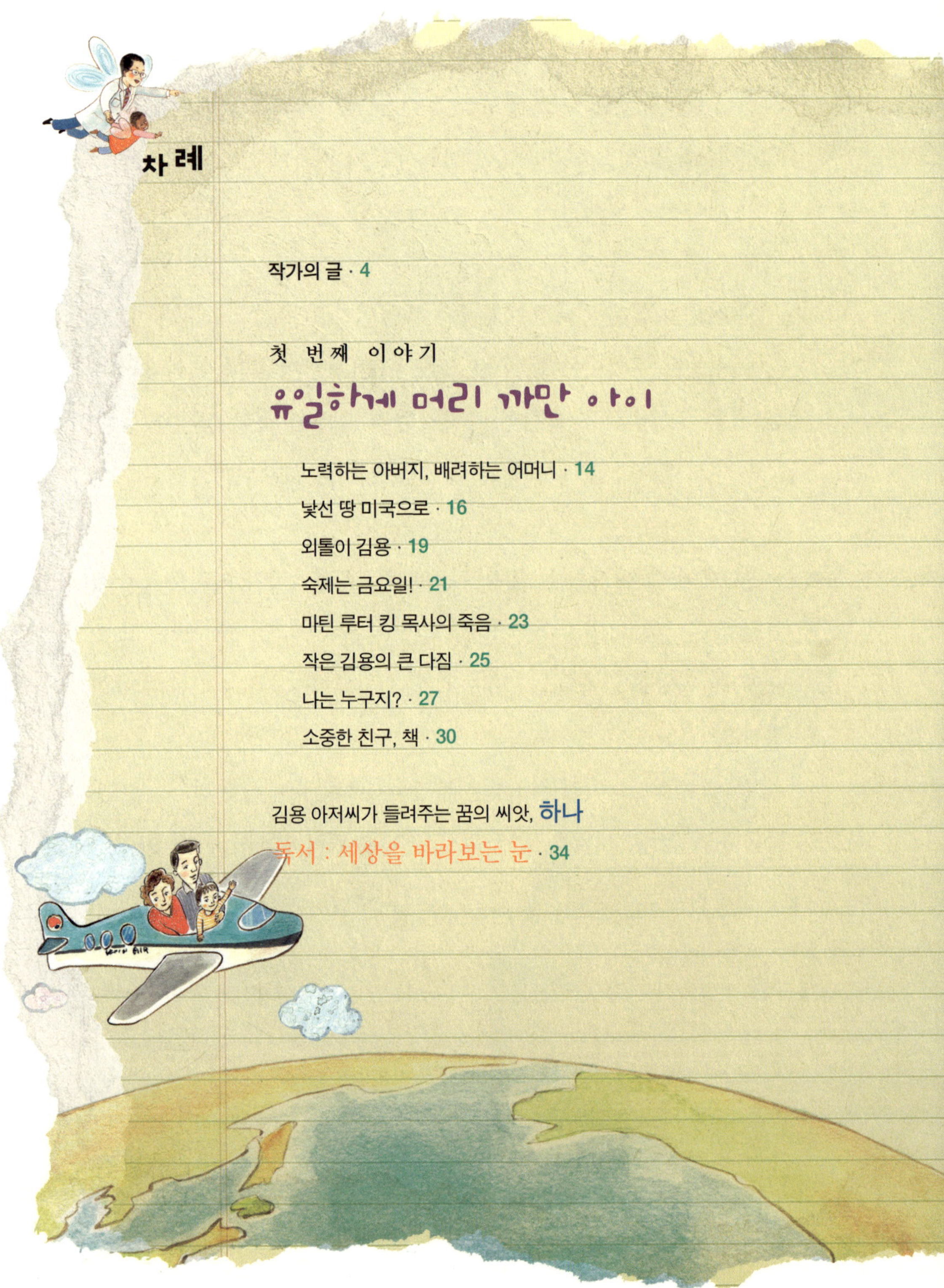

차 례

작가의 글 · 4

첫 번째 이야기

유일하게 머리 까만 아이

노력하는 아버지, 배려하는 어머니 · 14

낯선 땅 미국으로 · 16

외톨이 김용 · 19

숙제는 금요일! · 21

마틴 루터 킹 목사의 죽음 · 23

작은 김용의 큰 다짐 · 25

나는 누구지? · 27

소중한 친구, 책 · 30

김용 아저씨가 들려주는 꿈의 씨앗, 하나
독서 : 세상을 바라보는 눈 · 34

두 번째 이야기
작은 변화를 꿈꾸며…

장점에 집중하렴 · 38

머스커틴 고의 킹 목사 · 42

위대한 일에 도전하렴 · 45

말보다 행동 · 48

작은 세상을 바꾸다 · 52

더 큰 세상으로 · 54

김용 아저씨가 들려주는 꿈의 씨앗, 둘
운동 : 나의 삶, 그 자체 · 58

세 번째 이야기
방황 끝의 깨달음, 실력!

보이지 않는 벽, 인종문제 · 62

우쭐해진 거리행진 · 65

이건 아니야! · 68

세상을 바꾸고 싶다면 실력을 가져라! · 70

하버드로 · 72

배다른 쌍둥이 폴 · 75

그리운 한국으로 · 78

김용 아저씨가 들려주는 꿈의 씨앗, 셋
실력 : 꿈을 이루고 싶다면, 실력부터! · 84

네 번째 이야기

오지의 땅 아이티로…

꿈을 향한 첫걸음, PIH · 88

모금은 어려워! · 91

아낌없이 주는 나무 · 93

폴과 함께라면 이겨낼 수 있어 · 97

세상에서 가장 행복한 똥치기 · 100

하버드의 로빈 후드 · 102

한 곡 할게요 · 105

결핵의 아버지, 10만 명을 구하다 · 109

김용 아저씨가 들려주는 꿈의 씨앗, 넷
꿈 친구 : 인생의 동반자 · 112

다섯 번째 이야기

청년의사의 꿈에 날개를 달다

멘토 이종욱 박사를 만나다 · 116

굿바이 폴, 굿바이 PIH · 118

무모한 도전 · 120

세상에서 가장 아름다운 날갯짓 · 123

강단으로 돌아오다 · 126

김용 아저씨가 들려주는 꿈의 씨앗, 다섯

도전 : 위대한 일에 도전하렴 · 130

여섯 번째 이야기

다트머스 학생들의 친구

뜻밖에 찾아온 기회 · 134

아이비리그 최초의 한국인 총장 · 136

환영받지 못한 총장님 · 139

다트머스의 시어머니 · 142

때론 친구처럼 · 145

때론 아빠처럼 · 148

고개 숙인 총장님 · 151

다트머스의 댄싱킹 1 · 155

다트머스의 댄싱킹 2 · 157

김용 아저씨가 들려주는 꿈의 씨앗, **여섯**
경청 : 사람의 마음을 여는 열쇠 · 162

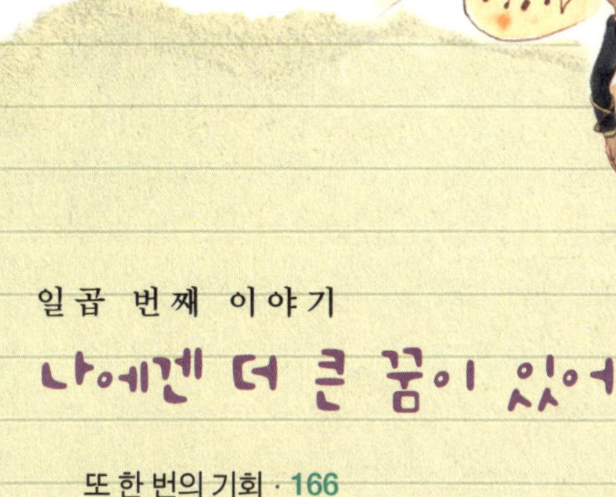

일곱 번째 이야기

나에겐 더 큰 꿈이 있어요

또 한 번의 기회 · 166

세계은행 총재로 지명되다 · 170

거센 반대와 떠오르는 경쟁자들 · 173

밀알 같은 마음으로… · 175

돌아서는 신흥국들 · 179

잊지 않을게요, 다트머스 · 180

콜 미, 짐!(짐이라고 불러주세요) · 184

마지막 숨까지, 세상을 위해… · 187

김용 아저씨가 들려주는 꿈의 씨앗, **일곱**

더 큰 꿈 : 나의 행복, 그 이상의 꿈 · 190

더 알고 싶어요

★ 김용의 멘토들 - 마틴 루터 킹, 퇴계 이황, 이종욱 박사 · 193

★ 세계은행은 어떤 곳인가요? · 200

★ WHO는 무슨 일을 하나요? · 202

★ 아이비리그, 우리는 이런 학생을 원해요 · 204

유일하게
머리 까만 아이

'그래, 나도 마틴 루터 킹 목사님처럼 위대한 사람이 될 거야,
약한 사람들을 지켜주는 등대 같은……. 꼭 그런 사람이 될 거야.'
김용은 친구가 없었지만 더 이상 슬퍼하지 않았어요.

유일하게 머리 까만 아이

노력하는 아버지, 배려하는 어머니

　　김용의 아버지와 어머니는 미국에서 유학생활을 하던 중 한 파티에서 처음 만났어요. 서로의 비슷한 처지 때문이었을까요? 둘은 금세 친해졌답니다. 외롭고 힘든 유학생활 동안 둘은 서로에게 힘을 주는 좋은 친구가 되어 주었어요.

세계의 경제 대통령 김용 아저씨의 7가지 꿈의 씨앗

김용의 아버지는 한국전쟁 때 남한으로 피난을 왔어요. 그때 아버지의 나이는 고작 17살이었답니다. 남한에는 가족도 친척도 친구도 없었어요. 주위를 아무리 둘러봐도 기댈 곳은 없었어요. 믿을 사람은 오직 자신뿐이었지요.

그때 아버지는 이렇게 생각했답니다.

'내 미래는 내 스스로 개척해야 해. 내가 낯선 이곳 타향에서 성공하는 방법은 공부뿐이다.'

아버지는 말 그대로 주경야독(晝耕夜讀)을 했어요. 낮에는 학비를 벌고 밤에는 피곤한 눈을 비벼가며 열심히 공부했어요. 마침내 아버지는 서울대 치의대에 합격했답니다. 아버지는 노력파 수재였어요. 김용의 어머니도 경기여고를 수석으로 졸업한 인재였답니다.

둘은 서로에게 호감을 느꼈어요. 김용의 어머니는 아버지의 성실하고 비전 있는 모습에 끌렸어요.

'언제나 노력하는 모습이 보기 좋아. 참 멋진 사람인 것 같아.'

아버지도 어머니에게 반한 건 마찬가지였어요.

'참 생각이 깊고 배려심 있는 여자구나. 내 이상형인걸.'

두 사람은 사랑에 빠졌어요. 아직 유학생 신분이었던 두 사

유일하게 머리 까만 아이

람은 성대하진 않지만 행복한 결혼식을 올렸답니다. 결혼 후
한국에 돌아온 두 사람은 가난했지만 행복했어요.

어느 날이었어요.
"여보…… 저…… 아이를 가진 것 같아요."
어머니가 수줍은 얼굴로 아버지의 귓가에 속삭였어요.
"아니! 그, 그게 정말이오?"
아버지는 뛸 듯이 기뻤어요.
"정말 잘 됐소! 이왕이면 늠름한 사내아이라면 더욱 좋겠군."
1959년 12월 8일, 그들 사이에서 귀여운 아기가 태어났어
요. 아버지는 세상을 다 가진 것처럼 기뻐했답니다.
"아들아! 넌 자라서 꼭 훌륭한 사람이 되어라."
아버지는 아이의 이름을 '용' 이라고 지었답니다.

낯선 땅 미국으로…

김용은 부모님의 사랑을 받으며 무럭무럭
자랐어요. 김용의 부모님은 행복했지만, 김용이 자라면서 한

세계의 경제 대통령 김용 아저씨의 7가지 꿈의 씨앗

가지 고민이 생겼어요. 바로 김용의 교육문제 때문이었어요.

　미국에서 앞선 교육을 받았던 아버지는 김용에게 좀 더 넓은 세상에서 더 큰 꿈을 꾸게 해주고 싶었어요.

　아버지는 고민 끝에 어머니에게 이렇게 말했어요.

　"여보! 나는 우리 용이에게 좀 더 큰 세상을 보여주고 싶소. 우리 미국으로 갑시다."

그건 어머니도 같은 생각이었어요.

"여보. 좋은 생각이에요. 우리 용이에게 더 많은 기회를 갖게 해주고 싶어요."

'미국으로 이민'

쉽지 않은 결정이었어요. 모든 것을 버리고 떠나야 하는 새로운 도전이었으니까요.

김용의 부모님이 미국으로 떠나고자 마음을 먹었을 때, 주변 사람들은 펄쩍 뛰며 반대했어요.

"한국에서 얼마든지 잘 살 수 있는데, 왜 사서 고생인가?"

"미국에서 성공하기가 어디 쉬운 줄 알아?"

그러나 김용의 부모님 생각은 확고했어요. 한국에서 이룬 모든 것들을 버리고 떠나는 마음은 무거웠지만, 새로운 세상에서도 성공할 수 있다는 강한 믿음이 있었거든요.

김용이 5살이 되던 1964년, 김용의 가족은 한국을 떠나 미국 중부의 아이오와 주에 터전을 잡았어요.

어린 김용에게 미국은 너무나 낯선 땅이었어요. 그곳에는 동양인인 자신과는 전혀 다른 피부색을 지닌 사람들이 살고 있었어요.

게다가 김용은 영어를 한마디도 할 줄 몰랐어요. 또래 친구들과 어울리고 싶었지만 말이 통하지 않았기 때문에 김용은 친구가 거의 없었답니다.

외톨이 김용

　　　　　김용 가족이 정착한 아이오와 주 머스커틴은 작은 시골 마을이었어요. 한국인은 한 명도 없었지요. 그래서 김용은 또래 친구들에게 신기한 아이였어요.

"넌 피부색이 이상해!"

"넌 아시아에서 왔구나. 중국? 일본?"

아이들이 김용을 둘러싸고 이것저것 물어댔어요.

"나, 난 코리아에서 왔어."

"응? 코리아? 그게 어디야?"

그때 한 아이가 잘 아는 체 떠들었어요.

"아! 난 코리아 알아. 뉴스에서 본 적 있어. 막 전쟁도 나고 엄청 가난뱅이 나라야."

"거지나라구나! 미국에 돈 벌러 왔니?"

유일하게 머리 까만 아이

“아냐! 우리나라 거지나라 아냐! 우리나라 좋은 나라야!”

김용은 울면서 집으로 돌아왔어요.

지금은 우리나라가 경제 규모에서 세계 15위쯤 되는 부자나라지만 김용이 어릴 때만 해도 우리나라는 몹시 가난한 나라였답니다. 필리핀이나 동남아는 물론이고 아프리카보다도 훨씬 가난한 나라였어요. 그래서 외국인들은 ‘코리아’ 하면 가난하고 불쌍한 나라라고 생각했답니다.

어린 김용이 또래 친구들과 다른 모습 때문에 마음의 상처를 입고 시무룩할 때면 어머니는 김용에게 재미난 이야기를 들려주시곤 했답니다.

어머니는 한국의 훌륭한 유학자 퇴계 이황 이야기나 약한 사람을 위해 노력하는 마틴 루터 킹 목사 이야기를 들려주셨어요. 어머니의 이야기는 언제나 재미있었답니다.

어머니는 늘 이렇게 말씀하셨어요.

“우리 아들 용아! 넌 언제나 위대한 일에 도전해야 한단다.”

어머니의 이야기를 들을 때면 김용의 머릿속엔 큰 꿈이 그려지곤 했어요.

‘그래, 나도 마틴 루터 킹 목사님처럼 위대한 사람이 될 거

야. 약한 사람들을 지켜주는 등대 같은……. 꼭 그런 사람이 될 거야.'

김용은 친구가 없었지만 더 이상 슬퍼하지 않았어요. 왜냐면 큰 인물이 될 사람은 작은 일로 슬퍼해서는 안 되는 거니까요.

숙제는 금요일!

어머니가 항상 자상하게 김용을 응원하셨다면 아버지는 엄격하게 교육하셨어요.

"용아! 너 숙제는 다 했니?"

아버지가 텔레비전을 보고 있는 김용에게 물었어요.

"괜찮아요. 오늘은 금요일인걸요. 아직 시간이 많아요. 토요일도 있고 일요일도 있으니까요."

"숙제는 지금 하렴. 일요일엔 아빠가 숙제를 못하게 방해를 할 거야."

김용은 아버지의 말씀을 듣는 둥 마는 둥 그냥 텔레비전만 봤어요. 아버지 말씀을 믿지 않았거든요. 세상에 아들의 숙제를 방해하는 아버지가 어디 있겠어요?

유일하게 머리 까만 아이

김용은 토요일에도 숙제를 하지 않고 빈둥거리며 놀기만 했어요.

'내일 하지 뭐!'

일요일 오전에도 숙제를 하지 않았어요.

'아직 시간이 많아! 점심 먹고 이따 하면 돼.'

일요일 저녁이 되자 김용은 숙제를 하기 위해 교과서를 펼쳤어요.

그때 어디에선가 갑자기 아버지가 나타났어요.

"땡! 숙제 시간 끝났어. 안 돼! 숙제 하지 마."

아버지가 교과서를 빼앗아서 김용의 손이 닿지 않는 옷장 위에 올려버렸어요.

"아빠, 왜 그러세요? 숙제 안하면 선생님께 혼난단 말이에요. 어서 교과서 주세요."

"안 돼. 아빠가 분명히 말했지? 일요일은 숙제를 못하게 하겠다고. 공부는 제때 해야 하는 거야."

"아빠, 제가 잘못했어요. 담부턴 꼭 제때 숙제를 하도록 할게요. 그러니까 교과서 주세요."

김용은 두 손을 모아 잘못을 빌었어요.

"그래. 다음부터는 꼭 제때 숙제를 하도록 하렴. 하지만 오늘은 안 돼. 숙제 하지 마.”

아무리 용서를 빌어도 아버지는 숙제하는 것을 허락하지 않
았어요. 결국 김용은 숙제를 하지 못했어요. 물론 학교에 가서
선생님께 혼이 난건 당연하구요.

그 후 김용은 숙제를 절대 미루지 않았어요. 제때 공부하는
습관도 생겼고요. 한꺼번에 몰아서 벼락치기 공부를 하다가 아
버지가 못하게 하면 정말 큰일이니까요.

마틴 루터 킹 목사의 죽음

어느 날 아침이었어요. 거실에서 들려
오는 분주한 대화 소리에 김용은 잠에서 깨어났어요.

“하늘도 무심하시지…… 어떻게 이런 훌륭한 분을…….”

“여보…… 어떻게 이런 일이 있을 수가…….”

김용은 평소처럼 부모님에게 아침 인사를 했어요.

“안녕히 주무셨어요?”

“그래, 용이도 잘 잤니?”

유일하게 머리 까만 아이

어머니가 미소 지으며 인사를 받아주셨지만 집안 분위기가 평소와는 달리 뭔가 조금 이상했어요.

"엄마 아빠, 무슨 일이에요?"

김용이 다가오자 아버지는 읽던 신문을 황급히 등 뒤로 감추었어요. 하지만 대문짝만하게 나온 기사의 제목을 김용은 보고야 말았어요.

"마틴 루터 킹 목사 암살"

9살의 어린 김용에겐 너무나 충격적인 사건이었어요.

"어…… 엄마……."

너무 놀란 김용은 '엄마'라는 말 밖에 나오지 않았어요. 그저 눈물만 흘릴 뿐이었어요.

"그래, 용아! 킹 목사님께서 하나님 곁으로 떠나셨단다."

어머니는 김용을 가만히 안아 주셨어요.

김용은 음식을 먹을 수도 잠을 잘 수도 없었어요. 마틴 루터 킹 목사는 김용의 마음속 선생님이었거든요. 김용은 지갑 속에서 마틴 루터 킹 목사의 사진을 꺼내 보았어요. 목사님은 언제나처럼 웃고 계셨어요.

'킹 목사님처럼 훌륭한 사람이 되어서 꼭 한번 만나 보고 싶었는데…….'

작은 김용의
큰 다짐

다음날 아침 일찍 김용은 부모님 방문을 두드렸어요. 밤새 잠을 한숨도 못 잤는지 눈은 붉게 충혈되어 있었지만 표정만큼은 결연해보였어요.

"아버지! 저는 마틴 루터 킹 목사님처럼 차별받는 사람들을 위해 살고 싶어요. 그런 사람이 되려면 어떻게 해야 돼요?"

"실력을 가져야 한단다."

"실력을 갖기 위해선 어떻게 해야 하나요?"

그러자 아버지는 김용의 머리를 쓰다듬으며 말씀하셨어요.

“용아! 누군가를 돕고 싶다면 그리고 세상을 바꾸고 싶다면, 먼저 실력을 가져야 해. 실력이 없으면 누구도 도울 수 없고 아무것도 할 수 없단다.”

‘실력’

아버지의 말씀은 어린 김용의 가슴에 깊이 새겨졌어요.

‘누군가를 돕기 위해선 우선 실력이 있어야 해.’

김용은 깊은 생각에 잠겼어요.

‘내가 실력을 키울 수 있는 방법이 뭐가 있을까?’

며칠 동안 곰곰이 생각한 끝에 김용이 얻어낸 답은 ‘공부’였어요.

‘그래! 공부를 열심히 해서 훌륭한 사람이 되자. 그런 다음 약한 사람을 돕는 일을 하는 거야.’

킹 목사 사건이 있은 후 김용의 마음은 부쩍 커졌어요.

영어가 서툴러 집 밖에 나가는 것조차 두려워했던 김용이었지만 이제는 먼저 친구들에게 다가가 말을 걸고 영어를 배우기 위해 애썼어요. 뿐만 아니라 학교 공부도 열심히 했어요. 부모님이 시킨 것도 아닌데 말이죠.

그렇게 한 학기가 지나자 김용의 성적은 몰라보게 향상되었어요. 반에서 1등, 아니 전교에서 가장 공부 잘하는 아이가 되었답니다.

공부 실력을 인정받자 김용에게 관심을 보이지 않던 친구들이 하나둘씩 김용 주위에 모여들었어요.

"코리아에서 온 저 아이랑 친하게 지내고 싶어."

"이봐! 짐(김용의 미국 이름), 시험공부 우리집에서 함께 하지 않을래?"

"코리아 아이들은 다들 너처럼 공부를 잘 하니?"

김용은 더 이상 외톨이가 아니었어요. 김용은 학교에서 가장 유명한 아이가 되었고 마을의 자랑거리가 되었어요.

나는 누구지?

김용은 더 이상 외톨이는 아니었지만, 친구들과 다른 자신의 모습과 주변 사람들의 눈길이 김용의 마음을 여전히 힘들게 했답니다.

김용의 가족은 머스커틴에서 유일한 동양인 가족이었어요. 어딜 가든 사람들은 신기하다는 눈길로 김용의 가족을 쳐다보곤 했고, 뒤를 졸졸 따라다니며 놀리는 아이들도 있었어요. 그런 일들은 사춘기 소년 김용을 외롭고 힘들게 했어요.

유일하게 머리 까만 아이

한번은 이런 일도 있었어요.

주말에 어머니와 함께 시내 마트에 쇼핑을 하러 갔었어요.
지나가던 사람들이 그들을 힐끔힐끔 쳐다보았어요. 자기들끼
리 쑥덕거리기도 했어요. 풀이 죽은 김용은 고개를 푹 숙인 채
그저 땅만 보며 걸었어요. 짓궂은 아이들 서너 명은 김용 뒤를

세계의 경제 대통령 김용 아저씨의 7가지 꿈의 씨앗

졸졸 따라다니며 귀찮게 굴기까지 했어요.

　그런데 그중 열 살쯤 되어 보이는 한 꼬마아이가 갑자기

　"받아랏! 악당"

하며 김용의 엉덩이를 힘껏 걷어차고 달아나버렸어요. 김용은

마음이 많이 상해 더욱 의기소침해졌답니다.

　어머니가 그런 김용의 어깨를 두드리며 위로를 하셨어요.

　"용아! 꼬마아이잖니? 네가 이해하렴."

　"네. 저도 알고 있어요."

　이런 일들이 있을 때면 김용은 마치 자신이 세상에서 혼자

동떨어진 외톨이 같다는 느낌을 받아야만 했어요. 친구들과 어

울려 놀거나 운동을 할 때도 김용은 이따금 혼자라는 생각이

들곤 했고요. 어릴 적부터 미국에서 자란 김용이지만 슬랭(생활에서 흔히 쓰는 점잖지 못한 말)이나 오래된 미국 문화에는 익숙하지 않았어요. 함께 놀던 친구들이 자기들끼리 키득거리다가

"아 참! 짐, 넌 잘 모르지?"

하며 물으면 김용은 어색한 표정으로 그저 웃을 수밖에 없었어요. 그럴 땐 마치 자신이 바다 한가운데에 홀로 떠 있는 섬이 되어버린 기분이 들곤 했답니다.

그 무렵 사춘기였던 김용의 머릿속은 실타래가 엉켜 있는 것처럼 복잡했어요.

'난 도대체 누구지? 난 미국인일까? 아님 한국인일까?'

김용은 좋아하던 운동도, 친구들도, 모든 게 시시해 보였어요. 김용은 사춘기를 겪으면서 말수가 점점 줄어들었어요. 친구들과 어울려 놀기보다는 혼자 생각하기를 좋아하게 되었어요. 가끔은 골똘히 생각에 잠겨 몇 시간을 보내기도 했어요.

소중한 친구, 책

그 무렵 그런 김용을 위로해 준 소중한 친구가 하나 있었답니다.

세계의 경제 대통령 김용 아저씨의 7가지 꿈의 씨앗

막 철이 들기 시작한 사춘기 시절, 김용의 머릿속엔 풀 수 없는 문제들로 가득 차 있었어요.

'나는 미국인일까, 한국인일까?

'왜 피부색 때문에 차별을 받아야 하는 거지?

'이곳에서는 음식이 남아도는데 왜 지구 반대편 사람들은 굶어 죽어가야만 하는 걸까?'

질문은 끝없이 이어졌어요. 그리고 영원히 답을 얻을 수 없을 것만 같았어요.

여러 가지 문제로 방황하던 김용에게 길이 되어 주었던 그것은 바로 책이었어요. 마치 아무것도 보이지 않는 깜깜한 밤길을 걸을 때 손에 든 작은 호롱불처럼 책은 김용에게 위로가 되어 주고 때론 희망이 되어 주었어요.

김용은 마틴 루터 킹이나 넬슨 만델라 그리고 간디 등 차별받던 많은 사람들에게 희망이 되어 준 이들에게서 자신의 답을 찾고자 했어요.

그들이 했던 연설과 위대한 행동들은 김용의 가슴에 보석이 되어 남았어요. 김용은 그들에 관한 책을 읽고 또 읽어 나중에는 외워질 정도로 반복해서 읽었어요. 그러던 중 김용의 가슴

유일하게 머리 까만 아이

을 뛰게 한 문구가 있었어요.

"삶에 있어 가장 중요한 질문은, '다른 사람을 위해 무엇을 하고 있습니까?' 라는 질문이다."

바로 김용이 가장 존경하는 마틴 루터 킹 목사의 말이었어

세계의 경제 대통령 김용 아저씨의 7가지 꿈의 씨앗

요. 김용은 그 부분에 책갈피를 끼워놓고 가슴에 깊이 새겨질 때까지 되뇌었어요.

‘나는 다른 사람을 위해 무엇을 할 수 있을까?’

‘나는 세계를 위해 무엇을 할 수 있을까?’

책은 방황하던 김용에게 답을 주지는 못했어요. 오히려 더 많은 질문을 던질 뿐이었어요. 하지만 김용은 자신도 모르는 사이에 마음이 부쩍 성장하고 있었어요. 책을 읽으면서 더 많이 생각하는 습관을 갖게 되었거든요. 그리고 책을 읽는 사이에 김용의 꿈은 더욱 단단해지고 있었어요. 김용은 어느덧 꿈을 향해 한 걸음, 한 걸음 나아가고 있었어요.

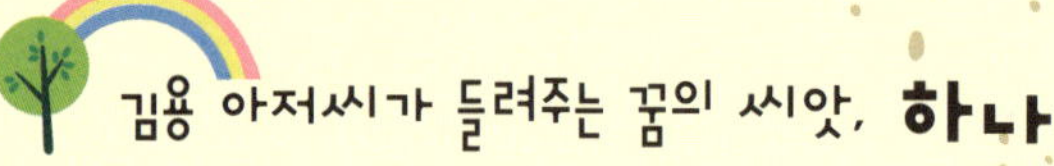

독서 : 세상을 바라보는 눈

독서는 더 큰 세상을 볼 수 있는 창문이야!

나는 미국 아이오와 주에 있는 머스커틴이라는 작은 시골마을에서 어린 시절을 보냈단다. 내가 사는 마을엔 미시시피 강이 흘렀고 또 아주 넓은 밀밭이 있었던 게 기억이 나는구나. 무척 아름다운 곳이었지만 큰 세상을 꿈꾸기엔 내가 사는 마을은 너무 좁았지.

그런 나에게 어머니는 독서를 권하셨단다. 작은 세상에 갇히지 않고 더 큰 꿈을 꿀 수 있게 하기 위함이었어. 나는 책을 통해 보다 넓은 세상을 만날 수 있었단다.

책 속에는 정말이지 없는 게 없어. 재미난 옛날이야기는 물론이고 위인들의 훌륭한 삶과 지혜 그리고 네가 가보지 못한 지구촌 구석구석 이야기까지.

내가 어려운 사람들을 돕겠다는 꿈을 찾은 것도 바로 책 속에서였단다. 책을 읽으며 그들의 힘든 삶을 알게 되었기 때문이었지.

또 나는 책을 통해 많은 사람들을 만날 수 있었단다.

넬슨 만델라, 마틴 루터 킹, 간디, 퇴계 이황. 이들은 내가 존경하는 나의 꿈 선생님들이지. 그중에서도 난 마틴 루터 킹 목사를 가장 존경한단다. 나는 책을 통해 그와 끊임없이 이야기를 나누며 나의 꿈을 키워 나갈 수 있었단다.

킹 목사의 책을 읽으며 그를 닮아가려고 꾸준히 노력하다 보니 어느새 나도 그처럼 어려운 사람들을 위해 일하는 훌륭한 길을 걷고 있었던 거야. 너희들은 책 읽는 것을 몹시 힘들어 하는 것 같아. 책은 따분하고, 재미없고 또 지루하고…….

물론 나도 처음부터 책을 좋아한 것은 아니었어. 하얀 종이에 빽빽한 검은 글씨들을 볼 때면 아휴~ 괜히 가슴이 갑갑해지고 절로 한숨이 나오곤 했지. 하지만 지루함을 꾹 참고 한 페이지 두 페이지 읽으면서 책과 점점 친해질 수 있었단다. 친구를 사귈 때도 첨엔 어색하지만 자꾸 만나면 친해지잖니?

책도 마찬가지야. 처음엔 딱딱하고 지루하게 느껴지지만 자꾸 읽다 보면 재미를 느낄 수 있지.

책을 읽는다는 건 네 꿈을 향해 창문을 활짝 여는 것과 같아. 만약 네가 보다 넓은 세상을 보고 싶은 아이라면, 또 더 큰 꿈을 꾸고 싶은 아이라면 이 아저씨는 네게 독서를 강추하고 싶어.

유일하게 머리 까만 아이

작은 변화를 꿈꾸며…

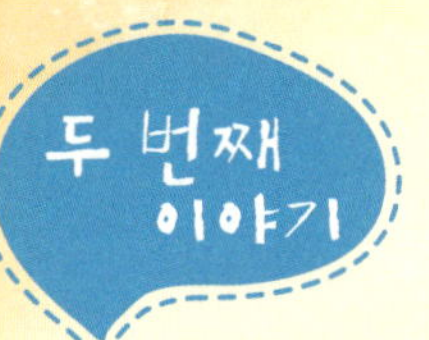

선거를 치르며 김용은 큰 교훈을 얻을 수 있었어요.
그건 바로 사람의 마음을 움직이는 것은 말이 아니라 '행동'이란 것이었어요.
그 후 '행동'은 김용의 인생의 지표가 되었답니다.
훗날 김용이 그의 삶을 통해 보여 준 것은 말이 아닌 '행동'이었어요.

작은 변화를 꿈꾸며…

시간이 흘러 김용은 어엿한 고등학생이 되었어요. 김용은 머스커틴에서 공부를 가장 잘하는 학생이었어요.

덕분에 주변에서는 아시아계 학생들은 모두 공부를 잘한다는 근거 없는(?) 소문도 생겼답니다. 하지만 김용은 공부만 잘하는 공부벌레는 절대 아니었어요. 공부만큼이나 운동도 열심

세계의 경제 대통령 김용 아저씨의 7가지 꿈의 씨앗

이었어요.

김용은 특히 미식축구와 농구를 좋아했어요. 하지만 미식축구는 거친 몸싸움으로 승부를 가르는 스포츠이기 때문에 김용의 왜소한 체격으로 그들과 경쟁하기란 쉽지 않은 일이었어요. 덩치 큰 미국 학생들과 몸을 부딪치면 김용은 저만치 나가떨어지기 일쑤였답니다.

"헤이~ 짐, 넌 우리한테 안 돼!"

쓰러져 있는 김용에게 엄지손가락을 거꾸로 세우며 조롱하는 녀석들을 볼 때면 김용은 심한 모욕감을 느꼈어요.

'두고 봐. 그 엄지손가락 반드시 똑바로 세우게 해주겠어!'

그날부터 김용은 체격을 키우기 위한 특별훈련에 돌입했어요. 식사량을 두 배로 늘리고 운동도 더욱 열심히 했어요. 하지만 많이 먹는다고 하루이틀 만에 체격이 커지는 건 아니잖아요?

김용의 계획은 보기 좋게 실패하고 말았어요.

'뭔가 좋은 방법이 없을까?'

김용은 고민에 빠졌어요. 김용의 고민을 안타깝게 생각하던 한 친구가 충고했어요.

"이봐 짐! 넌 체격이 작지만 날쌔고 순발력이 좋잖아? 덩치

작은 변화를 꿈꾸며

키우는 건 그만 포기하고 너만의 장점을 살려보는 게 어때?"

친구의 충고를 듣는 순간 김용은 정신이 번쩍 들었어요.

"그래! 내가 왜 그 생각을 못했지?"

친구의 충고는 평소 어머니의 말씀이기도 했어요.

"단점을 고치려 노력하기보다는 장점에 집중하렴."

김용은 어머니의 말씀을 까맣게 잊고 있었던 거예요.

'그래! 난 비록 체격은 작지만 다른 아이들보다 날렵하잖아!'

세계의 경제 대통령 김용 아저씨의 7가지 꿈의 씨앗

　김용은 훈련 방식을 완전히 바꾸었어요. 무작정 많이 먹고 체격을 키우는 운동을 하기보다 정확한 패스, 날렵한 러닝, 그리고 빠르고 강한 터치다운 등 덩치 큰 친구들이 할 수 없는 기술들을 연습했어요.

　드디어 경기 날이 다가왔어요. 평소처럼 덩치 큰 녀석들이 힘만 믿고 덤벼들었어요.

　"헤이~ 짐, 덤벼. 어서 덤벼 보라구! 담장 밖으로 날려 줄 테니, 으하하."

　김용은 힘으로 맞서지 않았어요. 대신 볼을 팀 동료에게 정확하게 패스해서 동료의 득점을 도왔어요.

　"땡큐~ 짐! 나이스 패스."

　김용의 날렵한 러닝 솜씨도 빛났어요. 공룡처럼 덩치만 큰 녀석들은 요리조리 피하며 치고 들어오는 김용의 재빠른 러닝 앞에서 속수무책이었어요.

　응원석은 흥분의 도가니가 되었어요.

　"플레이~ 플레이~ 짐."

　"짐 최고다."

　그뿐이 아니었어요. 상대팀 수비가 약간의 틈만 보이면 여지없이 김용의 득점으로 이어졌어요.

작은 변화를 꿈꾸며

"와~ 와~"

"머스커틴 고 파이팅! 짐 파이팅!"

관중들은 열광했어요. 머스커틴 고의 완벽한 승리였어요. 물론 그날의 MVP는 당연히 짐 용 킴, 그러니까 김용이었지요.

그 후 팀 내 김용의 위상이 눈에 띄게 달라졌어요. 같은 팀 선수들은 물론이고 상대팀 선수들도 '짐 용 킴' 하면 고개를 절래절래 흔들며 엄지손가락을 추켜세울 수밖에 없었답니다.

김용은 모두가 인정하는 팀의 에이스로 자리를 잡았어요. 김용은 미식축구에서 가장 중요한 공격 포지션인 쿼터백을 당당히 맡았답니다.

머스커틴 고의 킹 목사

미국에서 흑인은 더 이상 노예가 아니었지만 눈에 보이지 않는 차별과 편견은 여전히 존재했어요. 일부 백인들은 흑인은 무식하고 게으르고 더럽다는 선입견을 가지고 있었어요.

어떤 식당은 흑인들의 출입을 금지했고 어떤 백인들은 자신들이 사는 아파트에 흑인이 이사 오는 것을 위험하다고 생각해서 싫어하기도 했어요.

김용이 다니는 머스커틴 고등학교에도 백인 학생들이 동급생인 흑인 학생들을 괴롭히는 일이 종종 있었어요.

"헤~이 니그로(검둥이)! 아프리카로 꺼져버려! 식인종 자식아~"

백인 학생 서너 명이 흑인 학생을 때리고 있었어요. 흑인 학생은 겁에 잔뜩 질린 채 코피까지 흘리고 있었어요. 그 광경을 본 김용은 그냥 지나칠 수 없었어요.

"이봐! 그만두지 못해? 같은 학교 친구끼리 뭐하는 짓이야?"

"친구? 내가 왜 이런 검둥이와 친구지?"

한 녀석이 대꾸했어요. 검둥이라는 말에 김용은 화가 머리 끝까지 치밀었어요. 검둥이는 흑인을 짐승 취급하는 아주 저급한 표현이었거든요.

"지금 그 말 당장 취소해. 그리고 이 친구에게 사과해."

"네가 뭔데 사과하라는 거야?"

"사과하지 않는다면 나도 더 이상 가만있지 않겠어."

잠시 그들 사이에 냉랭한 기운이 감돌았어요. 누군가와 주먹다짐을 하는 것을 원치는 않지만 부당한 이유로 싸움을 걸어

작은 변화를 꿈꾸며

온다면 피하지만은 않겠다는 것이 김용의 생각이었어요.

잠시 후 백인 학생이 고개를 돌려 김용의 눈을 피했어요. 운동으로 단련된 김용과 싸워서 이길 자신이 없었거든요.

백인 학생이 마지못해 사과를 했어요.

"야…… 야, 미……안하다. 됐지?"

하지만 김용이 뒤돌아서자 백인 학생들은 김용이 들으라는 듯 큰 소리로 험담을 했어요.

"흥! 밥맛없는 녀석! 잘난 척하긴…….”

"저 녀석은 자기가 마틴 루터 킹인 줄 안다니까."

하지만 머스커틴 고등학교의 대부분의 학생들은 김용을 좋아했어요. 김용은 입버릇처럼 말했어요.

"나는 마틴 루터 킹 목사 같은 사람이 될 테야."

때문에 친구들은 그를 '머스커틴의 킹 목사'라고 불렀어요.

"이봐. 킹 목사! 어때? 별명이 맘에 드나?"

"아냐! 킹 목사는 무슨…….”

그럴 때마다 김용은 손사래를 쳤어요.

하지만 김용은 그 별명이 싫지만은 않았답니다.

위대한 일에 도전하렴

'도전'

김용이 가장 좋아하는 단어랍니다. 어릴 적 '언제나 위대한 일에 도전하라.' 라는 어머니의 말씀을 가슴 속 깊숙이 새겨 두었거든요.

그런 김용에게 새로운 목표가 생겼어요.

'학생회장'

그건 두렵지만 설레기도 한 일이었어요.

공부면 공부, 운동이면 운동, 최고가 되겠다고 결심하면 항상 최선을 다했고 마침내는 이뤄내고야 말았던 김용이었지만 학생회장만은 장담할 수 없는 일이었어요. 그건 다른 학생들이 김용을 신임해 주어야 가능한 일이니까요.

'아시아 출신인 나를 학생회장으로 뽑아줄까?'

김용의 가장 큰 걱정거리였어요. 머스커틴 고등학교에서 아시아계 학생이 학생회장에 당선된 적이 단 한 번도 없었거든요.

하지만 바로 그 점이 김용의 도전 본능에 불을 붙였어요.

'한 번도 없다는 건 내가 최초란 뜻이잖아!'

작은 변화를 꿈꾸며

'최초'는 언제나 가슴을 두근거리게 만드는 멋진 말이었어
요. 자신이 최초로 학생회장이 된다면 제2의, 제3의 아시아계
학생들이 학생회장이 될 수 있는 길을 열어주는 일이니까요.

그런 생각을 하자 김용은 자신이 학생회장이 되는 것이 어떤 사명처럼 느껴졌어요.

김용은 부모님께 자신의 생각을 말씀드렸어요.

아버지는 크게 기뻐하셨어요.

"참! 좋은 생각이구나. 너에게 좋은 기회가 될 거야. 리더십도 기를 수 있고."

하지만 어머니의 표정은 그리 밝지만은 않았어요.

"물론 학생회장이 된다면 얼마나 좋겠냐마는……."

어머니는 말끝을 흐렸어요.

김용은 어머니의 마음을 알 수 있었어요. 혹시나 아들이 백인 학생들과 경쟁하다가 마음에 상처라도 입으면 어떡하나, 걱정이 되신 거였어요.

김용은 어머니를 꼬옥 안아 드렸어요.

"어머니, 걱정 마세요. 최선을 다할게요."

말보다 행동

"야야! 들었어? 짐이 학생회장에 출마한대!"

"정말이야?"

김용이 학생회장에 출마한다는 소문은 삽시간에 학교 전체로 퍼졌어요.

"하지만 짐은 아시아계 학생이잖아? 쉽지 않을걸!"

"그게 무슨 상관이야? 우린 모두 머스커틴 고등학교 학생이야."

학생들의 의견은 분분했어요. 김용은 마음을 단단히 먹었어요. 비록 김용이 친구들 사이에서 인기가 많았지만 보수적인 생각을 가진 학생들이 김용을 반대한다는 사실을 알고 있었거든요.

"난 짐이 좋아! 하지만 그가 학생회장이 된다면 같은 아시아계 학생들 편만 드는 건 아닐까?"

세계의 경제 대통령 김용 아저씨의 7가지 꿈의 씨앗

“그래, 맞아! 짐은 우리 모두를 대표할 수는 없을 것 같아!”

그들의 마음을 얻지 못한다면 학생회장에 당선될 가능성이 없어 보였어요. 김용은 자신을 반대하는 학생들을 설득하기로 결심했어요.

김용은 작은 수첩을 가지고 다니며 학생들과 이야기를 나누었어요. 머스커틴 고등학교 학생들이 무엇을 원하는지 알기 위해서였어요.

“학교 가로등이 전부 고장나서 밤늦게 집에 갈 때 너무 무서워.”

“그래, 나도 그 의견에 동의해. 내가 학생회장이 된다면 꼭 학교 측에 전달해서 고치도록 할게.”

“짐! 축구 골대가 녹슬었어. 새로 교체했으면 좋겠어.”

“음! 골대를 교체한 지 1년밖에 되지 않아서 아마도 학교에서 교체해 주기는 어려울 것 같아. 그보다 새로 페인트를 칠해 보는 건 어떨까? 우리가 직접 한다면 돈도 많이 들지 않고 더 예쁠 것 같아.”

“우리가 직접? 글쎄……, 할 수 있을까?”

“할 수 있어! 내 친구 중에 그림을 잘 그리는 녀석이 있거든.”

김용은 직접 발로 뛰며 학생들의 의견에 귀를 기울였어요.

작은 변화를 꿈꾸며

학생들의 의견에 공감하고 때론 진지한 토론을 통해 더 나은 방법을 찾기 위해 노력했어요. 이러한 김용의 꼼꼼하고 진실된 모습에 학생들은 하나둘씩 마음을 열기 시작했어요.

"짐 그 친구 말이야. 정말 괜찮은 애 같지 않아?"

"그래! 말만 앞세우는 녀석은 아닌 것 같아."

김용은 학생들에게 지지를 호소했어요.

"저는 아시아계 학생입니다. 제 가장 친한 친구는 아프리카계 학생입니다. 그리고 여러분은 미국에서 태어난 미국계이구

요. 하지만 우린 모두 하나의 머스커틴 고등학교 학생입니다. 저는 누구의 편도 아닌 머스커틴 고등학교의 편이 되어 일하겠습니다.”

김용의 호소는 학생들의 마음을 움직였어요. 말이 아닌 행동으로 보여준 김용의 모습에서 김용의 진심을 느꼈기 때문이었어요.

김용은 압도적인 지지를 받으며 학생회장에 당선되었어요. 그건 가족과 주변사람들은 물론 김용 자신도 믿어지지 않을 만큼 놀라운 일이었어요.

선거를 치르며 김용은 큰 교훈을 얻을 수 있었어요. 그건 바로 사람의 마음을 움직이는 것은 말이 아니라 ‘행동’이란 것이었어요. 그 후 ‘행동’은 김용의 인생의 지표가 되었답니다. 훗날 김용이 그의 삶을 통해 보여 준 것은 말이 아닌 ‘행동’이었어요.

아이티에서 결핵과 싸울 때도, 모두가 포기한 4,000만 명의 에이즈 환자를 구하기 위해 무작정 뛰어들 때도 김용이 선택한 것은 언제나 말이 아닌 행동이었어요.

세상을 바꾸는 건 말이 아니라 진심 어린 행동이라는 것을 깨달았기 때문이었어요.

작은 변화를 꿈꾸며

　　　　학생회장이 된 김용은 학생들과의 약속을 하나씩 행동에 옮기기 시작했어요.

　　학생들을 위한 일이라면 무엇이든 마다하지 않았어요. 때론 학교 측과 충돌하는 일도 있었지만 학생들에게 도움이 된다고 생각되면 결코 물러서지 않았어요. 그런 김용의 적극적인 모습에 학생들은 열광했고 학교 측은 몹시 난처해했어요.

　　김용의 그러한 노력으로 머스커틴 고등학교에서는 서서히 작은 변화들이 일어나기 시작했어요.

　　녹슨 축구 골대에 페인트칠하기, 고장난 전구 갈아 끼우기 등 김용은 학생들과 함께 힘을 모아 망가진 학교 기물들을 고쳤어요. 학생들은 스스로 고친 학교 기물들을 소중하게 다루었어요. 그래서 더는 학교 기물이 파손되는 일이 없어졌어요.

　　그리고 김용은 학교 내 소수인종 아이들을 위한 모임을 만들고 서로 힘을 합치도록 했어요. 또 김용의 계속된 설득으로 백인 학생들은 더 이상 소수인종 아이들을 괴롭히지 않았어요.

　　학교는 점점 깨끗해지고 학생들은 점점 더 사이가 좋아졌어요. 머스커틴 고 학생들은 입을 모아 말했어요.

"짐이 학생회장이 된 후로 학교가 많이 달라진 것 같아!"

"그래, 맞아. 이젠 학교가 집보다 더 좋다니까!"

김용은 자신의 노력으로 학교라는 작은 세계를 바꾼 것 같아서 몹시 뿌듯했어요.

하지만 김용이 그것으로 만족했던 것은 아니었어요.

이따금 뉴스에 나오는 기아나 전쟁의 참사를 볼 때 김용의 마음은 몹시 아팠답니다. 그럴 때 김용은 유유히 흐르는 미시시피 강을 바라보며 마음을 달래곤 했어요.

'세계의 곳곳에서 여전히 많은 사람들이 고통을 받고 있구나……. 내가 도움이 되고 싶어. 하지만 여긴 좁고 나는 힘이 약해. 이 머스커틴 안에서가 아닌 더 큰 곳에서 많은 사람들을 위해 일하고 싶어!'

김용은 세계를 누비며 어려운 사람들을 위해 일하는 자신의 모습을 상상하곤 했어요. 김용은 빨리 어른이 되고 싶었어요.

작은 변화를 꿈꾸며

더 큰 세상으로

졸업을 얼마 앞두지 않은 어느 날이었어요. 교장선생님이 김용을 교장실로 불렀어요.

"짐! 자네가 이번에 졸업생 대표로 인사를 해주었으면 하네."

"네? 제가요?"

김용은 깜짝 놀랐어요.

"그래! 꼭 자네가 해야만 하네. 해줄 수 있겠나?"

'졸업인사'

김용은 가슴이 두근거렸어요. 그건 대단히 영광스러운 일이었거든요. 졸업생 대표로 인사를 하는 것은 머스커틴 고등학교에서 가장 우수한 학생임을 모두에게 인정받는 것을 의미하기 때문이었어요.

김용이 졸업인사를 한다는 소문은 학교는 물론 머스커틴 마을 전체를 술렁이게 만들었어요. 아시아계 학생이 학생회장이 된 것만도 놀라운 일인데 이제는 졸업생을 대표하여 연설까지 하게 되었으니까 당연한 일이었지요. 덕분에 김용의 부모님들은 이웃사람들의 인사를 받느라 온종일 분주했어요.

"이번에 아드님이 졸업인사를 한다지요? 기쁘시겠어요."

"아유~ 졸업인사뿐이면 부럽지나 않지요. 수석 졸업이래요, 글쎄!"

"공부도 잘해, 리더십도 있어, 운동도 잘해, 우리 애가 짐 반

만 했으면 참 좋겠네!"

졸지에 엄친아(?)가 되어버린 김용은 이웃사람들의 칭찬 릴레이에 부끄러워 어쩔 줄을 몰랐답니다.

드디어 졸업식 날 아침이 되었어요. 날씨도 매우 화창했어요. 장난꾸러기 친구들도 이날만큼은 깔끔하게 차려입고 점잖은 신사인 체 했어요. 졸업생들과 이들을 축하해 주기 위해 모인 가족들로 학교 강당은 미어터질 정도였어요.

'우와! 사람들 좀 봐! 내가 이 많은 사람들 앞에서 연설을 해야 하는 거야?'

김용은 가슴이 콩닥콩닥 뛰었어요. 언제나 자신감 넘치는 김용이었지만 이렇게 많은 사람들이 모인 장소에서 연설을 하는 건 처음이었거든요.

어머니가 김용의 손을 가만히 잡아 주셨어요. 그리고 웃어 주셨어요. 김용의 마음을 눈치채셨나 봐요.

이윽고 졸업식의 모든 식순이 끝나고 마지막 남은 행사는 졸업식의 꽃이라고 할 수 있는 졸업생 인사였어요. 김용이 졸업인사를 하기 위해 단상에 올라서자 많은 친구들이 박수로 김용을 응원했어요.

"…… 오늘 우리는 사랑하는 머스커틴 고등학교를 떠나 더 넓은 세상을 향해 나섭니다. 어디서 무슨 일을 하든 우리 졸업생들은 머스커틴 고등학교 출신임을 자랑스럽게 여기며 살아가겠습니다."

김용의 연설이 끝나자 학생들은 모두 '와' 하는 함성과 함께 학사모를 하늘 높이 던졌어요. 김용은 그 모습을 바라보며 눈시울이 뜨거워졌어요.

'안녕, 머스커틴 고등학교. 안녕, 나의 친구들.'

한편으로는 대학이라는 곳에서 펼쳐질 더 큰 세상에 대한 기대로 김용의 가슴은 부풀었어요.

작은 변화를 꿈꾸며

운동 : 나의 삶, 그 자체

잘 노는(?) 친구들이 공부도 잘해요.

공부를 잘하기 위해서는 잘 노는 것이 아주 중요하단다.

뭐? 지금 잘 놀고 있다고? 밤새 게임하기, 만화책 보기, 텔레비전 보기, 하루 종일 빈둥거리기? 아니, 아니 그건 잘 노는 게 아니야.

아저씨가 진짜 잘 노는 방법을 알려 줄까?

진짜 잘 노는 방법은 바로 '몸을 움직이며' 노는 거란다.

이쯤에서 아저씨 자랑(?) 좀 해볼까?

아저씨는 공부도 열심히 했지만 누구보다 열심히 놀았단다. 미식축구, 농구, 수영, 골프 등 못하는 운동이 없었지. 특히 아저씨는 미식축구를 아주 좋아해서 팀에서 쿼터백을 맡았어. 쿼터백은 아무나 차지할 수 있는 포지션이 아냐. 팀에서 가장 실력 있는 선수만이 쿼터백을 맡을 수 있단다. 가장 중요한 공격수거든.

물론 아저씨도 처음부터 운동을 잘한 건 아니었어. 너희도 알다시피 미국인 학생들은 한국인인 나보다 덩치가 훨씬 크잖니. 힘으로는 도저히 당해 낼 수가 없지.

하지만 내가 누구니? 나 김용, 절대 지고는 못 견디는 성격이잖아?

이기는 방법은 딱 하나! 연습 또 연습, 연습왕 앞에는 덩치든 뭐든 당해낼 자 없으니까.

이렇게 지기 싫어해서 시작한 운동의 매력에 아저씨는 푹 빠져버렸지. 어느새 운동 마니아가 되어 버린 거야. 운동을 하는 건 정말 멋진 일이야. 운동은 몸과 마음을 건강하게 만들어 주거든. 강한 체력은 물론이고 경쟁, 양보, 협동심, 우정……. 책으로는 절대 배울 수 없는 건강한 마음을 배울 수 있어.

게다가 운동을 열심히 해서 몸이 건강해지면 공부도 더욱 잘하게 된단다. 왜냐고? 집중력이 좋아지거든. 그리고 오래 앉아서 공부할 수 있는 체력도 길러지지.

자! 컴퓨터를 끄고 축구공을 챙겨 밖으로 나가자. 학교 운동장도 좋고 집 앞 놀이터도 좋아! 친구들을 불러 모아 축구 한판 하는 거야. 친구들과 부딪치고 넘어지고 때론 굴러서 얼굴에 흙이 묻어도 괜찮아! 집에 와서 깨끗하게 샤워를 하면 되니까.

어때? 상쾌하지?

좋아! 잘했어. 진짜 잘 노는 방법은 바로 '땀을 흘리며' 노는 거야!

작은 변화를 꿈꾸며

JOHN HARVAR

세 번째
이야기

방황 끝의
깨달음, 실력!

"용아! 누군가를 돕고 싶다면 그리고 세상을 바꾸고 싶다면,
먼저 실력을 가져야 해. 실력이 없으면 아무것도 할 수 없단다."

'실력'

꿈을 이루기 위해 가장 중요한
두 글자가 김용의 가슴에 새겨지는 순간이었어요.

방황 끝의 깨달음, 실력!

보이지 않는 벽, 인종문제

대학생이 된 김용은 한동안 자유를 맘껏 만끽했어요. 무엇보다도 기뻤던 것은 더 이상 외롭지 않다는 것이었어요.

고등학교 시절 김용은 마을에서 유일한 아시아계 학생이었어요. 하지만 대학에는 다양한 소수인종 학생들이 있었어요. 김

세계의 경제 대통령 김용 아저씨의 7가지 꿈의 씨앗

용은 그들과 금방 친구가 될 수 있었답니다. 미국에서 소수인종으로 살아가는 아픔이라는 공통점이 있었기 때문이었지요.

김용은 그들과 많은 이야기를 나누었어요. 미국에서 살아오면서 겪었던 설움과 아픔을 서로에게 털어놓았어요.

'아! 나만 외로운 게 아니었구나! 이 친구들도 나와 똑같은 문제로 힘들어했구나!'

김용은 처음으로 혼자가 아님을 느꼈어요. 그리고 자신과 똑같은 아픔을 겪었던 친구들이 곁에 있다는 사실만으로 김용은 가슴속 깊이 위로받는 느낌이었어요.

어느 날이었어요.

김용은 도서관에서 열심히 시험공부를 하고 있었어요. 그때 한 친구가 김용의 어깨를 툭 치며 말했어요.

"이봐! 짐, 날씨도 좋은데 낚시하러 가지 않을래?"

"무슨 소리야? 곧 중간고사 기간이잖아!"

"그만둬! 짐, 우리 같은 소수인종은 백날 공부해 봤자 출세하긴 틀렸어!"

"그게 무슨 소리야?"

"너 유리천장(Glass Ceiling)이라고 못 들어봤어?"

"유리천장?"

친구에게 들은 이야기는 충격적이었어요.

당시에 동양인들은 정부나 기업에서 높은 자리에 오르는 일이 거의 불가능했는데, 그 이유는 바로 유리처럼 눈에 보이지 않는 어떤 힘이 그들을 막고 있기 때문이라는 이야기였어요.

"에이! 설마. 다 지어낸 이야기일 뿐이야. 우린 공부만 열심히 하면 돼."

김용은 실망한 친구를 달래서 돌려보냈어요. 하지만 친구가 다녀간 뒤로 김용은 공부가 통 손에 잡히지 않았어요.

'유리천장…… 유리천장…… 보이지 않는 힘이 우리의 앞길을 막는다고?'

김용은 고개를 세차게 흔들었어요.

'아냐, 아냐. 그럴 리 없어……. 미국은 누구에게나 기회를 주는 평등한 나라라고.'

한동안 김용의 머릿속에서 사라졌던 인종문제가 다시 김용을 방황하게 만들었어요.

세계의 경제 대통령 김용 아저씨의 7가지 꿈의 씨앗

답답해진 김용은 친구들을 찾아가서 이야기를 털어놓았어요.

"응! 나도 그런 이야기 들어본 적 있어."

"나도 들어봤어. 사실 평등하다고 말은 하지만 아직까지 인종차별이 완전히 사라진 게 아닌 건 누구나 아는 사실이잖아."

유리천장에 관한 이야기는 그 무렵 소수인종 젊은이들 사이에서 공공연한 이야기였어요. 당시 미국 사회에서는 소수인종에 대한 보이지 않는 차별이 여전히 존재했기 때문에 그 이야기는 더욱 설득력이 있어 보였어요.

몇몇 친구들은 분개해서 소리쳤어요.

"그럼, 우린 노력해도 안 된다는 거잖아. 제길, 이깟 공부 때려치워 버리자."

"그래, 우리의 단합된 힘을 보여주자!"

교내 소수인종 학생들이 하나둘 광장에 모이기 시작했어요. 어느새 십 수 명의 학생들이 모였어요.

"짐! 너도 우리와 함께 하자! 네가 우리의 리더가 되어 주었으면 좋겠어!"

방황 끝의 깨달음, 실력!

친구들은 김용에게 시위에 함께하자고 말했어요. 하지만 김용은 망설였어요. 과연 이것이 옳은 일인지 잘 판단이 서질 않았거든요.

그러자 친구들이 말했어요.

"우린 폭력을 쓰려는 게 아냐. 그저 많은 사람들에게 우리의 현실을 알리고 싶을 뿐이야."

"그래, 짐! 간디도 비폭력 저항운동을 했던 걸 생각해 봐! 우

린 지금 간디와 같은 길을 걷고 있는 거라구!"

김용은 간디라는 말에 마음이 흔들렸어요. 간디는 김용이 마틴 루터 킹 다음으로 존경하는 인물이었거든요.

"좋아! 대신 절대 폭력을 사용해서는 안 돼."

김용과 친구들은 거리로 나섰어요. 그들은 한 손에 커다란 피켓을 들고 구호를 외치며 거리를 행진했어요.

"우리에게도 기회를 달라!"

"피부색으로 사람을 차별하지 말라!"

주말 오후 시내는 많은 사람들로 붐볐어요. 사람들은 그들을 응원하며 박수를 보냈어요.

"어이~ 학생들 잘 한다."

행진을 하는 동안 많은 사람들이 그들을 응원하며 시위에 동참했어요. 시위대는 점점 늘어났어요. 열 명 남짓한 학생들로 시작한 시위는 어느덧 수백 명으로 늘어났어요. 그들은 시민들의 호응에 기분이 한껏 들떠 더욱 더 목소리를 높여 구호를 외쳤어요. 김용도 자신이 무언가 대단한 일을 하고 있다는 생각이 들어 괜스레 기분이 우쭐해졌어요.

사람들은 점점 늘어나고 목소리는 점점 더 커졌어요.

이건 아니야!

시위대는 공원으로 향했어요. 주말 오후, 공원에는 많은 사람들이 한가로이 시간을 보내고 있었어요. 시위대는 큰 소리로 구호를 외치며 공원을 행진했어요. 보다 많은 사람들에게 자신들의 생각을 알리고 싶었거든요.

바로 그때였어요. 공원 벤치에서 엄마 무릎을 베고 곤히 잠자

세계의 경제 대통령 김용 아저씨의 7가지 꿈의 씨앗

던 여자아이가 시위대의 소리에 깜짝 놀라 울음을 터뜨렸어요.

"엉엉! 엄마, 저 사람들 무서워. 나한테 막 소리 질러. 엉엉!"

"괜찮아, 괜찮아! 저 사람들 무서운 사람들이다. 얼른 집에 가자!"

엄마는 우는 아이를 안고 서둘러 자리를 떠났어요.

김용은 순간 머리가 '띵' 해졌어요. 하마터면 그 자리에 주저앉을 뻔 했어요.

'무서운 사람!'

김용은 주변을 살펴보았어요. 그제야 보이지 않던 것들이 보이기 시작했어요. 휴식을 방해받은 사람들이 얼굴을 찌푸리며 그들을 바라보고 있었어요. 소풍 나온 사람들은 하나둘 공원을 떠나갔어요.

'이건 아니야! 이건 뭔가 잘못된 거야!'

"얘들아! 돌아가자."

김용이 친구들에게 말했어요.

"뭐야? 갑자기 왜 그래?"

"여긴 사람들이 많아! 우리의 생각을 확실하게 알릴 수 있는 절호의 찬스라고!"

친구들은 김용을 도무지 이해할 수가 없었어요.

방황 끝의 깨달음, 실력!

“그만 돌아가자! 이건 옳지 않은 행동이야.”

그러자 한 친구가 버럭 화를 냈어요.

“도대체 왜 그러는 건데? 우린 평화적으로 시위를 하고 있어. 폭력을 쓰지 않았다고.”

“아니, 이건 폭력이야! 주위를 한번 둘러보라고! 저들은 우리를 두려워하고 있어. 주먹을 휘두르지 않아도 다른 사람에게 고통을 준다면 그건 엄연한 폭력이야.”

김용의 단호한 모습에 친구들은 아무런 말도 할 수 없었어요.

세상을 바꾸고 싶다면 실력을 가져라!

그날 이후 김용의 생각은 많이 달라졌어요. 소수인종 학생들과 어울려 다니거나 시위를 하는 것만으로는 인종문제를 해결할 수 없다는 것을 깨달았기 때문이었어요.

김용은 어릴 적 아버지의 말씀이 떠올랐어요.

“용아! 누군가를 돕고 싶다면 그리고 세상을 바꾸고 싶다면, 먼저 실력을 가져야 해. 실력이 없으면 누구도 도울 수 없고 아

세계의 경제 대통령 김용 아저씨의 7가지 꿈의 씨앗

무것도 할 수 없단다.'

'실력'

꿈을 이루기 위한 가장 중요한 두 글자가 김용의 가슴에 새겨지는 순간이었어요.

'그래! 먼저 힘을 갖는 거야. 그리고 그 힘을 어려운 사람들을 위해 쓰자!'

김용은 아버지의 조언에 따라 의사가 되기로 결심을 했어요. 의사는 미국에서 동양인이 인정받으며 살 수 있는 좋은 직업이었거든요.

일단 결심을 하자 김용의 의지는 더욱 단단해졌어요. 이제 더 이상 유리천장 이야기 따위는 김용의 관심을 끌지 못했어요.

'유리천장? 까짓것, 어디 한번 막아보라지. 내가 실력으로 깨 보이겠어!'

그날부터 김용은 대학생활의 낭만을 뒤로 미루고 공부에 열중하기 시작했어요. 아침에 눈을 뜨면 학교로 갔고, 수업이 끝나면 도서관으로 갔어요. 늦은 밤에 되어서야 집으로 돌아왔답니다. 이렇게 시계추처럼 집, 학교 그리고 도서관을 오가며 공부에만 전념했어요.

방황 끝의 깨달음, 실력!

친구들이 그런 김용을 가만둘 리 없었지요.

"이봐~ 짐, 오늘 시원한 맥주 한잔 어때?"

"오늘 저녁에 한인 파티 가지 않을래? 끝내주는 여자애를 소개해 줄게."

"미안해. 다음에."

친구들의 유혹에도 김용은 고개를 가로저을 뿐이었어요.

"짐이 변했어!"

"짐이 좀 이상해. 왠지 우리를 피하는 것 같지 않아?"

친구들은 서운하게 생각하며 하나둘씩 멀어져 갔어요. 김용은 소중한 친구들이 멀어져 가는 것이 가슴 아팠지만 어쩔 수 없었어요. 김용에게는 더 큰 꿈이 있었거든요.

'얘들아! 미안해. 언젠가는 너희들이 나를 이해해 줄 날이 올 거야.'

김용은 슬픈 생각이 들수록 더욱 마음을 다잡았어요.

하버드로

김용은 마침내 하버드 의대에 입학을 했어요. 오랜 노력의 결실이었어요. 하버드 교정에 처음 발을 내딛는

세계의 경제 대통령 김용 아저씨의 7가지 꿈의 씨앗

JOHN HARVARD

날 김용은 가슴이 벅차올랐어요.

'이 곳이 말로만 듣던 하버드구나!'

김용은 마치 서울에 처음 온 시골 쥐처럼 이곳저곳을 신기한 듯 두리번거렸어요.

하버드 교정에는 청동으로 만든 하버드 목사의 동상이 있어요. 그런데 한 가지 특이한 건 하버드 목사의 신발이 유독 반짝반짝 빛이 난다는 점이에요.

그건 바로 하버드에서 오래 전부터 전해 내려오는 전설 때문인데요. 하버드 목사의 신발을 만지며 기도를 하면 하버드 대학에 합격할 수 있다는 이야기였어요. 그 전설을 믿는 수많은 학부모들과 학생들이 하버드 목사의 신발을 쓰다듬어서 신발이 반질반질해졌던 거였어요.

김용도 하버드 목사의 신발을 만지며 마음속으로 기도를 했어요.

'이곳 하버드에서 세상을 바꿀 수 있는 실력을 키우고 싶습니다.'

김용은 하버드에서 두 가지 과목을 전공으로 선택했어요. 하나는 의학이고 다른 하나는 인류학이었어요. 두 과목을 전공으로 선택한 데는 이유가 있었어요. 인류학은 김용의 오랜 꿈인 어려운 사람들을 돕는 일을 하기 위해 꼭 필요한 학문이었어요. 인류학은 사람을 연구하는 학문이니까요.

그리고 의학은 바로 '실력'을 갖기 위해 선택한 학문이었어요. 누군가를 돕기 위해서는 먼저 실력을 가지라는 아버지의 말씀을 잊지 않았거든요.

그렇게 김용은 꿈과 실력, 두 마리 토끼를 모두 잡기로 결심했어요. 김용은 하버드에서 더 높이 날기 위한 날갯짓을 하고 있었어요.

배다른 쌍둥이 폴

김용이 하버드에서 거둔 가장 큰 수확은 뭐니 뭐니 해도 '친구'였어요. 김용은 이곳 하버드에서 평생 같은 길을 함께 걸어 갈 소중한 친구를 얻었답니다.

그의 이름은 폴 파머예요. 폴은 사교성이 좋고 쾌활한 친구였어요. 그래서 그는 학교에서 인기가 아주 많았답니다. 그의 주변엔 언제나 친구들이 구름처럼 몰렸지요.

방황 끝의 깨달음, 실력!

폴은 공부를 잘하는 우등생이었지만 짓궂은 장난도 곧잘 해서 친구들을 웃겼답니다. 복사기에 자신의 얼굴을 밀어넣고 괴상한 얼굴 복사본을 만들어 친구들과 교수님에게 명함처럼 나누어 주는가 하면, 공부하다 깜빡 잠든 친구의 입에 팝콘을 잔뜩 집어넣고 사진을 찍기도 했어요.

괴짜 폴 파머와 모범생 김용. 얼핏 보기에 어울리지 않는 두

세계의 경제 대통령 김용 아저씨의 7가지 꿈의 씨앗

사람은 만나자마자 서로에게 호감을 느꼈어요. 김용은 폴이 내민 손을 맞잡는 순간, 폴이 마치 오래된 친구처럼 편안하게 느껴졌어요. 그건 폴도 마찬가지였어요.

폴은 김용과 친구가 된 후, 다른 친구들에게 이렇게 능청을 떨었어요.

"어떡하지? 난 짐에게 첫눈에 반해버렸어!"

이렇게 친구가 된 동갑내기 두 사람은 단짝이 되어 학교에서 날마다 붙어 다녔어요.

친구들은 질투 반 농담 반으로

"너희들 둘이 사귀냐?"

라고 놀렸어요.

하지만 그때마다 김용은

"쉿! 이봐, 이건 비밀인데……. 실은 나와 폴은 배다른 쌍둥이야."

하고 넉살을 부려 친구들을 당황하게 만들었어요. 하지만 무엇보다 둘을 가깝게 했던 건 바로 같은 꿈이 있다는 사실이었어요.

밤늦게까지 도서관에서 함께 공부를 하다 집으로 돌아갈 때, 고요한 캠퍼스의 잠을 깨우는 폴의 휘파람 소리는 일품이

방황 끝의 깨달음, 실력!

었어요.

"짐! 물론 넌 졸업 후 돈을 많이 버는 의사가 되고 싶겠지? 넌 속물이니까. 하지만 난 말야. 이곳 하버드에서 배운 의술로 가난한 사람들을 돕고 싶어. 그게 내 꿈이야."

"이봐! 폴. 난 속물이 아냐. 나도 사람들을 돕는 게 꿈이라니까!"

"그럴 리 없어. 넌 생긴 게 딱 속물이야."

뻔한 웃음으로 끝나는 재미없는 농담을 주고받다가 함께 노래를 부르며 돌아가는 길은 언제나 즐거웠어요.

그리운 한국으로

'한국'

언제나 김용의 가슴을 '찡'하게 만드는 말이었어요. 5살 때 한국을 떠난 후, 김용은 한 번도 한국에 가 보지 못했어요. 그래서 김용은 한국에 대한 기억이 거의 없었어요.

김용의 기억 속에 남아 있는 한국은 어렸을 적 다큐멘터리에서 본 모습이 전부였어요. 방송에 비춰진 한국은 세계에서 가장 가난하고 불쌍한 나라였어요.

전쟁 이후, 먹을 것이 없어서 굶주리고 병에 걸려도 치료조차 받지 못하고 죽어 가는 한국 동포들의 모습을 보며 어린 김용은 몹시 가슴이 아팠어요.

그때부터 김용은 마음속에 한 가지 꿈을 품게 되었어요.

'난 자라서 훌륭한 사람이 될 테야. 그래서 우리나라를 꼭 부자나라로 만들고 말거야.'

자라면서 신문, 방송 등을 통해 한국의 경제발전과 달라진 세계적 위상에 대하여 들을 때면 김용은 가슴이 벅차올랐어요. 하지만 김용의 마음속에 한국은 언제나 가난하고 불쌍한 나라로 남아 있었어요. 하버드 의대에서 갈고 닦은 의술로 많은 한국 사람들을 치료해 주고 싶었어요.

그런 김용에게 한국으로 갈 절호의 기회가 생겼어요. 서울대에서 한국의 의료시스템 연구를 위해 하버드에서 연구비를 받을 수 있게 된 거예요.

김용은 한국에 갈 수 있다는 생각에 가슴이 풍선처럼 부풀어 올랐어요.

김용은 하버드 내에 개설된 한국어 수업을 수강했어요. 너무나 오래전에 한국을 떠난 탓에 김용은 한국말을 거의 할 수

방황 끝의 깨달음, 실력!

없었거든요. 김용은 고작 '안녕'이나 '밥 먹었니?' 정도의 아기 수준의 한국어만 말할 수 있었어요.

김용은 2년간 열심히 한국어 수업을 들었어요. 의학을 공부하랴 인류학을 공부하랴 거기다가 한국어까지 공부하는 것은 물론 쉽지 않았어요. 하지만 머지않아 한국으로 갈 수 있다는 생각에 김용은 새 힘이 솟았어요. 한국어 책을 머리맡에 두고 잠에서 깨어나면 가장 먼저 한국어 책을 손에 들었어요. 그런 피나는 노력 덕분에 2년이 지났을 때 김용은 유창한 한국어 실력을 갖게 되었어요.

그러나 부푼 가슴을 안고 처음 한국을 방문했을 때 김용은

세계의 경제 대통령 김용 아저씨의 7가지 꿈의 씨앗

깜짝 놀라지 않을 수 없었어요. 한국은 어렸을 적 텔레비전에
서 보던 그런 가난한 나라가 아니었던 거예요.
　거리는 깔끔했고 사람들은 모두 행복해 보였어요. 뉴욕에
버금가는 서울의 도시풍경과 미국을 능가하는 의료시스템으
로 사람들은 저렴한 가격에 질 좋은 의료서비스를 받고 있었어
요. 한국은 이미 세계적인 의료선진국이었어요.

뿐만 아니라 한국은 세계에서 가장 모범적으로 올림픽(1988년 서울 올림픽)을 개최하여 세계인의 주목을 받는 세계의 중심지로 우뚝 서 있었어요.

김용은 발전된 한국의 모습이 가슴이 터질 만큼 자랑스러웠어요.

'이것 봐! 이것 보라고! 이곳이 내가 태어난 나라 대한민국이야. 이제 한국은 세계 어느 나라도 부럽지 않은 부자나라라고.'

김용은 큰소리로 외치고 싶었어요. 모두에게 알려주고 싶었어요. 어릴 적 한국을 가난한 나라라고 놀렸던 친구들에게, 그리고 한국을 가난한 나라라고 소개했던 방송을 만든 사람들에게, 그들 모두에게 한국의 달라진 모습을 보여주고 싶었어요.

하지만 다른 한편으로는 왠지 모르게 가슴 한구석이 허전해지는 느낌이 들었어요.

'아! 한국을 위해서 내가 할 수 있는 일이 아무것도 없구나.'

김용은 서울대에서 연구를 마치고 예정보다 빨리 미국으로 돌아갈 수밖에 없었어요.

한국을 다녀온 김용은 한동안 방황을 해야만 했어요. 오랫동안 준비해 왔던 목표가 갑자기 사라져 버렸기 때문이었어요.

세계의 경제 대통령 김용 아저씨의 7가지 꿈의 씨앗

그건 마치 밤바다에서 등대를 잃어버린 고깃배와 같았어요.

김용은 어디로 가야 할지 모른 채 그저 둥둥 떠다니고 있는 기분이 들었어요.

방황 끝의 깨달음, 실력!

실력 : 꿈을 이루고 싶다면, 실력부터!

꿈을 이루기 위해서는 실력이 필요해.

우리 아버지는 항상 이렇게 말씀하셨단다.

"첫째도 실력! 둘째도 실력! 오직 실력!"

실력이 없으면 아무것도 할 수 없다는 말을 귀에 못이 박히도록 들으며 자랐지.

쉿!! 이건 비밀인데……, 실은 말이야, 나도 처음부터 의대에 가고 싶었던 건 아니었단다. 난 원래 철학과에 가서 어머니처럼 훌륭한 철학자가 되고 싶었어. 하지만 아버지의 말씀을 듣고 생각을 바꿨지.

아버지는 이렇게 말씀하셨어.

"용아! 철학은 훌륭한 학문이다. 하지만 네 꿈이 어려운 사람을 돕는 것이라면 먼저 의학을 배워보는 게 어떻겠니?"

아버지 말씀이 옳았어. 가난한 사람들에겐 철학보다 병을 치료하는 의술이 더욱 절실했으니까. 만약 내가 의술을 배우지 않았다면 10만 명의 아이티 사람들의 목숨을 구할 수 있었을까?

3,000만 명의 에이즈 환자를 구하는 프로그램을 개발할 수 있었을까?

의술이라는 실력을 쌓지 않았더라면 아마 난 어려운 사람을 돕겠다는

내 꿈을 이룰 수 없었을 거야.

너희들은 꿈이 무엇이니?

무엇이 되고 싶니?

소녀시대처럼 유명한 가수가 되고 싶니?

박지성 선수처럼 훌륭한 축구선수가 되고 싶니?

아니면 이 아저씨처럼 세계은행 총재가 되고 싶니?

그냥 '아! 되고 싶어라' 하는 생각만으로는 안 돼! 절대 꿈을 이룰 수

없어.

꿈을 이루고 싶다면 '실력' 을 가져야 해.

축구선수가 되고 싶으면 축구 실력을 키워야 해.

가수가 되려면 춤과 노래 실력어 있어야 하고.

아저씨처럼 세계은행 총재가 되고 싶다면

영어 공부는 필수겠지?

네 꿈이 무엇이든 그 꿈을 이루기 위해서는

'실력' 이 꼭 필요하단다. 그리고 실력을 갖기

위해선 반드시 '노력' 을 해야 한단다.

땀을 흘리지 않고 얻을 수 있는 건

아무것도 없으니까.

방황 끝의 깨달음, 실력!

네 번째
이야기

오지의 땅
아이티로…

사람들이 김용에게 "그건 너무 비현실적이야."라고 말하면
김용은 다음과 같이 응수했습니다.
"그래요, 비현실적이죠. 하지만 우리는 미쳤거든요."

꿈을 향한 첫걸음, PIH

"폴, 잘 지냈어?"

김용이 반가운 목소리로 인사를 건넸어요. 김용은 한동안 폴을 만날 수 없었어요. 폴은 아이티로 의료봉사를 다녀왔거든요.

그런데 폴의 표정은 어두워 보였어요.

“폴, 왜 그래?”

김용이 걱정스러운 표정으로 물었어요.

폴은 자신이 아이티에서 보고 느낀 것을 김용에게 들려주었어요. 폴의 이야기는 충격적이었어요.

“지금 아이티를 보라구. 대부분의 사람들이 결핵으로 죽어 가고 있어. 결핵은 약만 먹으면 쉽게 나을 수 있는 병이야. 그런데 그들은 약을 살 돈이 없어. 결국 그 사람들을 죽이는 건 병이 아니라 가난이라구. 콤마.”

폴은 매우 흥분한 것처럼 보였어요. 폴이 말하는 콤마는 욕이었어요. 욕을 너무 하고 싶지만 차마 할 수 없을 때 쓰는 말이거든요.

김용은 폴의 심정을 이해할 수 있었어요.

“그래, 내 생각도 같아. 가난한 사람들도 부자들과 똑같은 치료를 받을 수 있어야 한다고 생각해. 누구도 돈 때문에 죽어 가서는 안 돼.”

폴은 여전히 씩씩거리고 있었어요.

“이대로 그들이 죽어 가는 걸 손가락만 빨면서 쳐다보고 있을 순 없어. 누군가 나서야만 해.”

“이봐, 폴! 누군가 나서야만 한다면 우리가 나서자.”

오지의 땅 아이티로

“우리가? 어떻게?”

“우리가 의료 봉사단체를 만드는 건 어떨까?”

“오~! 짐! 내가 방금 그 말을 하려고 했어.”

김용의 제안에 폴은 적극 찬성했어요.

“이름은 내가 전부터 생각해 둔 게 있어. ‘파트너 인 헬스’, 줄여서 PIH, ‘건강을 위한 친구’ 라는 뜻이지. 가난한 사람들의 건강 지킴이가 되고 싶어.”

“멋진데~ 자, 그럼 우리 단체의 리더를 정하자.”

김용은 지위 따위는 아무런 상관이 없다고 생각했어요.

“네가 리더를 해. 난 네 보조를 할게.”

“좋아. 그럼 난 사령관, 넌 부사령관이야.”

근사한 이름을 짓고 각각 사령관과 부사령관을 맡았지만 고작 두 명으로 단체를 이끌어 갈 수는 없었어요. 김용과 폴은 친구들에게 자신들의 봉사

세계의 경제 대통령 김용 아저씨의 7가지 꿈의 씨앗

단체에 가입할 것을 권유했어요.

그렇지만 친구들의 반응은 영 시큰둥했어요.

"우리가 그런 일을 어떻게 하냐?"

"그런 일은 WHO(세계보건기구) 같은 세계적 기구에서 다 알아서 한다고."

비웃는 친구들도 있었어요.

"두 얼간이가 또 사고를 칠 모양이야. 어디 한번 잘해 보라지."

하지만 그들은 결코 실망하거나 포기하지 않았어요.

김용과 폴은 가까운 몇몇 친구들을 설득해 PIH 멤버로 가입을 시켰어요. 그리고 그들의 도움에 힘입어 어렵사리 PIH를 설립할 수 있었답니다.

겉보기엔 너무나 보잘것없는 출발이었지요. 하지만 가난한 환자들을 돌보는 큰 꿈에 다가서는 위대한 첫걸음이었답니다.

모금은 어려워!

김용과 폴은 아이티에서 의료봉사를 시작하기로 결정했어요. 하지만 가장 큰 문제는 뭐니 뭐니 해

도 자금, 그러니까 돈이었어요. 그들은 의료봉사는커녕 당장 아이티 행 비행기 표를 살 돈조차 없었으니까요.

그들은 아이티로 가는 자금을 모으기 위해 하버드 동문들과 독지가(사회사업 따위의 비영리사업이나 뜻있는 일에 특별히 마음을 써서 협력하고 도움을 주는 사람)들에게 무작정 전화를 걸었어요.

"여보세요. 여기 정말 끝내주는 투자가 있습니다. 당신이 단돈 몇 천 달러만 기부한다면 죽어가는 아이티 사람 수십 명을 살릴 수 있습니다. 푼돈으로 목숨을 살 수 있다니 얼마나 짭짤한 투자입니까?"

그러나 돈을 버는 투자가 아니라 돈을 쓰는 투자인데 누가 선뜻 돈을 내어놓으려 하겠어요? 더구나 유명한 봉사단체도 아닌 대학생 두 명이 만든 단체에 기부를 하겠다는 사람은 아무도 없었어요.

"이런 스크루지 영감 같은 녀석들! 사람을 살리겠다는데 돈이 그렇게 아깝냐? 돈 싸들고 지옥에나 가버려!"

폴은 책상을 쾅쾅 두드리며 화를 냈어요. 김용의 생각도 폴과 크게 다르지 않았어요. 자신들의 마음을 몰라주는 사람들이 너무나 실망스러웠어요. 도무지 길이 보이질 않았어요. 김용과 폴은 점점 지쳐만 갔어요.

아낌없이 주는 나무

    몹시 무더운 어느 날이었어요. 김용은 땀을 뻘뻘 흘리며 기부를 부탁하는 긴 편지를 쓰고 있었어요.

"으아! 더 이상은 못 하겠다."

김용은 펜을 집어 던지고 책상에 엎드려 버렸어요.

바로 그때였어요.

"천사다, 천사. 천사가 나타났다. 천사가 나타났어!"

갑자기 폴이 괴성을 지르며 미친 듯 뛰어다녔어요.

"이봐, 폴. 정신 차려!"

김용은 폴을 안타까운 표정으로 바라보았어요. 계속되는 거절에 실망한 폴의 머리가 어떻게 되어 버렸구나, 하고 생각했어요.

"짐! 돈을 준다고 돈을! 그것도 엄청난 돈을……."

폴은 김용이 아무런 반응이 없자 김용을 마구 흔들며 소리쳤어요.

"이봐, 짐. 우린 대어를 낚았다고."

기부를 약속한 사람은 토마스 제이 화이트라는 사람이었어요. 그는 큰 건설 회사를 운영하는 막대한 자산가였어요. 그의

오지의 땅 아이티로

이야기는 믿을 수 없을 정도였어요.

"내 재산이 얼마 되지는 않지만 자네들을 돕고 싶네. 자네들이 필요할 때면 언제든 부담 없이 내 돈을 가져다 쓰게."

김용과 폴은 정말 부담 없이 그의 돈을 가져다 썼어요. 그들은 돈 걱정 없이 마음껏 의료봉사를 할 수 있어서 너무나 좋았어요.

"천 명분의 결핵약을 주세요. 청구는 토마스 제이 화이트 씨에게……."

"토마스! 페루에 진료소를 지어야겠어요. 우선 만 달러만 보내주세요. 급해요."

한동안 폴과 짐은 아무런 걱정 없이 PIH를 운영할 수 있었어요. 토마스는 아낌없이 그들을 도왔어요. 회사를 정리하고 집을 줄이고 또 줄이고 차를 팔고 마침내 토마스는 비좁은 주택으로 이사를 했어요. 엄청난 재력가인 토마스였지만 그들을 돕기 시작한 지 5년 정도가 흘렀을 땐, 그의 재산도 서서히 바

세계의 경제 대통령 김용 아저씨의 7가지 꿈의 씨앗

닥을 보였어요.

"환자 열 명분 치료약만 사 주세요. 이번이 정말 마지막입니다. 더는 신세지지 않겠어요."

언제나 마지막이라고 약속을 했지만 그 약속은 좀처럼 지켜

지지 않았어요.

"허허 괜찮네. 나는 저승에 갈 때 재산을 한 푼도 남기지 않는 게 소원이네."

이후에도 김용과 폴은 계속 그에게 손을 벌렸어요. 그러나 토마스도 사람이었어요. 그도 이따금 걱정이 되는지 주변 사람들에게 이렇게 말했대요.

"저 친구들이 아무래도 내가 죽기도 전에 돈을 다 써버릴 모양이야. 난 늙어서 무얼 먹고 살지?'

하지만 그는 단 한 번도 그들이 내미는 손을 뿌리치지 않았어요.

어느 날 김용이 토마스에게 도움을 청하러 갔을 때였어요. 토마스를 본 김용의 눈에 눈물이 고였어요. 위풍당당한 재력가 토마스는 오간 데가 없고 허름한 주택에 혼자 쪼그리고 앉아있는 가난한 늙은이가 있었거든요.

토마스는 웃는 얼굴로 김용을 맞이했어요.

"그래. 짐, 이번엔 얼마가 필요한가?"

"아니에요, 토마스. 그냥 얼굴이나 보려구요."

김용은 애써 울음을 참으며 말했어요.

"허허, 거짓말 하지 말게. 자네가 설마 내가 보고 싶어 찾아왔겠나? 자, 가져가게."

토마스는 뿌리치며 도망가는 김용의 손에 기어코 하얀 봉투 하나를 쥐어 줬어요. 그건 그에게 마지막 남은 돈이었어요. 그는 아낌없이 주는 나무처럼 그가 가진 모든 것을 준 것이었어요.

김용은 눈물을 훔치며 다짐을 했어요.

'당신이 몸소 가르쳐 주신 큰 뜻을 따르겠습니다. 제 몸이 살아있는 한, 세상에 병들고 가난한 사람이 단 한 사람이라도 남아 있는 한, 저의 봉사는 멈추지 않을 겁니다.'

김용은 톰의 이름을 평생 잊지 않겠다고 맹세를 했어요. 그리고 그의 이름을 영원히 기억하기 위해 훗날 자신의 첫째 아들 이름을 '토마스 제이 화이트' 의 이름을 따서 '토마스 제이 킴' 이라고 지었어요.

폴과 함께라면 이겨낼 수 있어

어려움은 돈뿐만이 아니었어요. 그들이 의료봉사를 하는 아이티는 매우 위험한 지역이었어요.

아이티는 가난과 질병뿐만 아니라 정치적으로도 매우 혼란스런 상태였어요. 군사정권의 쿠데타와 폭동, 데모 등으로 나라 안에서 전쟁이 끊이질 않았거든요.

길을 가다가 총탄에 맞아 죽는 사람들도 흔했고 밥을 먹다가 집에 폭탄이 떨어져서 일가족이 몰살당하는 일쯤은 이곳 아이티에서는 그리 특별한 일도 아니었어요. 그야말로 사람 목숨이 파리 목숨과 다를 게 없었지요.

그런 곳에서 의료봉사를 한다는 것은 목숨을 걸지 않고서는 불가능한 일이었어요.

김용과 폴도 위험해 처했던 적이 한두 번이 아니었어요. 치료약을 살 돈과 의료장비를 빼앗으려는 군인들에게 저항하다가 총을 맞을 뻔했던 일, 운전하던 중에 차 옆으로 폭탄이 떨어졌던 일, 환자를 수송하던 중 시위자들에게 맞아 죽을 뻔했던 일 등 일일이 다 열거할 수도 없을 정도였지요.

그러나 어떤 어려움이 있어도 김용과 폴은 그저 묵묵히 환자들을 치료할 뿐이었어요.

하지만 그런 김용을 폭발하게 만든 사건이 있었어요.

새해 아침이었어요. '쾅' 하는 폭발음에 김용과 폴은 잠에서 깨어났어요. 깜짝 놀란 김용과 폴이 밖으로 나와 보니 며칠 전 그들이 힘들게 지은 약국이 흔적도 없이 사라져버린 거예요.

군사정권의 짓이 틀림없어 보였어요. 그들은 김용과 폴을 못마땅하게 여겼거든요. 그들은 김용과 폴이 자신들의 적을 치료해 준다고 생각했어요. 김용과 폴은 아픈 사람이라면 누구의 편이든 상관없이 치료해 줬을 뿐인데 군사정권은 그런 김용과 폴을 수시로 괴롭혔어요.

"이게 도대체 몇 번째야? 이제 더 이상은 못하겠어. 엉엉~."

김용이 마침내 울음을 터뜨렸어요. 그도 그럴 것이 건물이 부서진 게 이번이 처음이 아니었어요. 군사정권은 그들이 건물을 짓기만 하면 폭탄을 날려 부숴버렸거든요. 더구나 새해 첫날부터 힘들게 지은 건물이 흔적도 없이 사라지자 김용의 실망은 이만저만이 아니었지요.

폴이 울고 있는 김용의 어깨를 두드렸어요.

"짐! 네 상처나 자존심보다 빈민들을 돕는 게 더 중요하단 걸 잊지 마. 우린 빈민을 위해 똥을 먹는 사람들이잖아?"

"뭐? 똥을 먹는다고? 크크크."

김용은 웃음을 참지 못했어요. 눈물을 흘리며 웃고 있는 김용의 모습은 너무나 우스꽝스러웠어요.

"으하하하, 이봐 짐, 거울 좀 보라고."

오지의 땅 아이티로

"이건 내가 봐도 너무 흉한걸! 하하하."

김용과 폴은 마주 보며 한참을 웃었어요.

"이봐! 짐, 뭐해? 어서 다시 짓자고! 설마 새해 첫날부터 농땡이를 칠 생각은 아니겠지?"

이러한 폴의 밝고 긍정적인 모습은 언제나 김용의 기운을 북돋워 주었어요.

'그래, 폴과 함께라면 난 어떤 어려움도 이겨낼 수 있어!'

김용은 폴을 바라보며 미소를 지었답니다.

세상에서 가장 행복한 똥치기

PIH에서 폴의 지위는 사령관, 김용은 부사령관이었어요. 그러나 이름만 그럴듯했지 실제로 김용이 하는 일은 그리 대단한 일이 아니었어요.

폴은 직접 환자를 만나고 치료해 주며 그들에게 감사와 존경을 한 몸에 받았지만 김용은 보이지 않는 곳에서 궂은일을 했어요.

김용은 폴을 보조하는 역할을 했어요. 김용이 주로 했던 일은 전화 받기, 폴에게 필요한 약품과 기구 사다 주기, 서류 만들기, 운전하기, 그 밖에 폴이 시키는 잔심부름하기 등이었어요.

PIH 동료들은 그를 부사령관이 아닌 '바야꾸' 라고 불렀어요. 바야꾸는 크리올어(아이티 원주민들이 쓰는 언어)로 '똥치기' 라는 뜻이에요. 그만큼 김용이 궂은일과 험한 일을 도맡아 했다는 걸 알 수 있어요. 폴은 바야꾸란 말이 사실은 천사를 의미하는 말이라고 김용을 위로했어요. 하지만 김용은 '바야꾸' 란 별명이 싫지만은 않았어요.

'다들 빛나는 일만 할 순 없잖아. 우리 중 누군가는 똥을 치워야 할 거 아냐. 기왕 치우는 똥, 한번 멋지게 치워 보겠어.'

김용은 정말 행복한 마음으로 맡은 일을 했어요. 그는 스스로를 '세상에서 가장 행복한 바야꾸' 라며 넉살을 부리곤 했어요.

PIH에서 폴이 아버지 역할을 했다면, 김용은 어머니와 같은 일을 담당했어요. PIH 멤버들 모두가 하기 싫어하는 일이 있는 곳에는 어김없이 김용이 있었지요.

누군들 빛나는 곳에서 많은 사람들의 박수를 받으며 일하고 싶지 않겠어요? 하지만 보이지 않는 곳에서 그저 묵묵히 맡은 일에 최선을 다하는 김용의 어머니 같은 헌신이 없었다면, 과

오지의 땅 아이티로

연 PIH가 아이티에서 10만 명의 결핵환자의 목숨을 구한 것과
같은 빛나는 업적을 이룩할 수 있었을까요?

하버드의 로빈 후드

　　　　　언제나 정직함과 성실함으로 많은 사람들에
게 모범이 되었던 김용이지만, 맨주먹으로 PIH를 이끈 그에게
는 숨은 결단력도 있었답니다.

1990년대 초 보스턴의 브리검영 병원에서 충격적인 사건이
일어났어요. 하버드 의대 교수가 10만 달러어치 약값을 떼어먹
고 달아나 버린 거였어요. 병원이 발칵 뒤집혀진 건 말할 것도
없었지요. 이 먹튀(?) 사건의 범인은 바로 김용이었어요.

사건은 이랬어요.

한 동양계 미국인이 병원 약국을 찾아와 엄청난 양의 약품
을 주문했어요. 무려 10만 달러어치, 그러니까 우리 돈으로 무
려 1억 원이 넘는 엄청난 금액의 약품이었어요.

"저…… 손님, 계산은 어떻게 하실 건가요?"

"아! 병원장 앞으로 달아 놓으시오."

세계의 경제 대통령 김용 아저씨의 7가지 꿈의 씨앗

“네에?”

병원 직원은 어리둥절한 표정으로 남자를 쳐다보았어요. 처음 본 사람이 병원장을 들먹이며 1억 원이 넘는 약을 외상으로 가져가겠다니 황당한 노릇이었지요.

그러자 남자는 자신의 명함을 내밀었어요. 명함에는 ‘하버드 의대 교수 짐 용 킴’이라고 쓰여 있었어요.

“아, 걱정할 것 없소. 난 병원장과 절친한 친구 사이요. 병원장에게 안부나 전해 주시오.”

남자는 직원의 어깨를 두드리고 유유히 걸어 나갔어요. 너무나 여유로운 표정과 말투에 압도된 직원은 무엇에게 홀린 듯 약을 내어줬고, 돌아서는 남자에게 꾸벅 절까지 했어요.

“감사합니다. 안녕히 가십시오.”

약을 실은 남자의 차가 저만치 떠난 후에야 직원은 정신이 번쩍 들었어요.

‘가, 가만 병원장님과 친구라는 말을 어떻게 믿지?’

‘호, 혹시 사기꾼은 아닐까?’

직원의 머리가 복잡해졌어요.

‘괜찮겠지? 하버드 교수가 설마 사기를 치겠어?’

오지의 땅 아이티로

다음날 병원이 발칵 뒤집혔어요. 병원장이 노발대발해서 직원에게 호통을 쳤어요.

"달랑 명함 한 장 받고 10만 달러어치의 약을 내어주다니…… . 자네 제 정신인가?"

"벼, 병원장님 치, 친구분이라고 해서……."

직원이 기어들어가는 목소리로 말했어요.

"뭐? 내 친구? 난 그 자가 누군지도 모르네."

직원은 얼굴이 새하얗게 질렸어요. 자칫하면 자신이 10만 달러라는 거금을 물어내야 할지도 모르는 판이었거든요. 직원은 덜덜 떨리는 손가락으로 명함에 적힌 전화번호로 전화를 걸었어요. 하지만 그는 이미 약을 가지고 남미 페루로 줄행랑(?)을 친 후였어요.

뒤늦게 소식을 들은 하버드 의과대학 학장이 달려와 대신 사과를 했어요.

"이거 미안하게 됐군요. 김용 교수는 가난한 나라를 위해

세계의 경제 대통령 김용 아저씨의 7가지 꿈의 씨앗

의료구호 활동을 하는 분입니다. 이번엔 페루로 봉사활동을 갔는데 약이 급했나 봅니다. 제가 대신 사과드립니다. 죄송합니다. 약값은 곧바로 처리해 드리지요."

자초지종을 전해들은 병원장은 껄껄 웃었어요.

"로빈 후드가 따로 없군요. 정말 감동입니다."

약값 소동은 병원장의 통 큰 결단으로 없던 일이 되었답니다.

이 일이 알려지자 김용은 하버드 학생들 사이에서 '로빈 후드 교수님'으로 불리게 되었어요. 미국의 부자 병원에서 약을 빼앗다시피 해서 페루의 가난한 사람들의 목숨을 구했으니, 그가 바로 로빈 후드가 아니겠어요?

김용의 그와 같은 결단은 수많은 가난한 페루 사람들의 목숨을 구했답니다.

한 곡 할게요

이와 같은 김용의 결단력은 위기의 순간마다 빛을 발했어요.

한번은 이런 일도 있었어요.

러시아에 결핵이 급속도로 퍼져 PIH가 긴급 파견이 되었어

요. 결핵에 있어서는 누구도 PIH를 따라올 수 없었거든요.

그런데 하필 그 무렵 미국과 러시아는 군사적 문제로 급격히 사이가 나빠졌어요. 러시아인들은 미국인들을 몹시 싫어했어요. 그들은 자신들을 돕기 위해 러시아에 온 PIH 사람들마저 의심하기 시작했어요.

"저 사람들은 우리를 치료해 주는 척하고 우리의 정보를 빼가는 스파이가 분명해!"

"맞아! 어쩌면 저들이 우리에게 독약을 줄지도 몰라!"

PIH를 바라보는 러시아 사람들의 눈빛이 몹시 흉흉했어요. 이대로 가다가는 구호활동은커녕 목숨을 잃을지도 모르는 판국이었지요. 김용은 고심 끝에 러시아 관료들에게 만찬을 제안했어요. 그들을 설득해 볼 요량이었지요.

만찬이 있는 날, 러시아를 대표하는 고위관료들과 PIH 멤버들이 호화로운 호텔에서 함께 저녁식사를 했어요. 맛있는 음식과 좋은 술이 잔뜩 차려져 있었지만 분위기는 몹시 냉랭했어요. 러시아 관료들도 PIH를 탐탁찮게 생각하는 게 분명해 보였어요.

김용은 몹시 초조해졌어요. 만약 그들의 마음을 얻지 못한다면 러시아에서의 구호활동은 모두 물거품이 되어버릴 수밖

세계의 경제 대통령 김용 아저씨의 7가지 꿈의 씨앗

에 없는 상황이었거든요.

바로 그때, 김용의 눈을 번쩍 뜨게 하는 것이 있었어요.

'그래, 바로 저거야!'

그건 바로 노래방기계였어요. 아무리 딱딱한 분위기라도 신나는 노래 한 곡이면 흥을 돋울 수도 있지 않겠어요? 하지만 모두들 눈을 부릅뜨고 있는 어색한 자리에서 혼자 노래를 부르는 것은 쉬운 일이 아니었어요.

'아무도 호응을 해주지 않으면 어쩌지? 완전 민망할 텐데……'

김용은 몇 번이나 망설였어요.

'에라! 모르겠다. 까짓것 망신 한번 당하고 말지 뭐!'

김용은 두 눈을 질끈 감고 자리에서 벌떡 일어났어요.

"제 모국인 한국에서는 존경하는 분을 위해 노래를 불러드리는 풍습이 있습니다. 오늘 여기 모이신 귀한 분들을 위해 한 곡 뽑지요."

김용은 '마이웨이(My Way)'라는 팝송을 불렀어요. 일단 노래가 나오자 사람들의 표정이 조금씩 풀어지기 시작했어요. 김용은 그 분위기를 그대로 살려 이번엔 '라밤바(La Bamba)'라는 빠르고 경쾌한 노래를 불렀어요.

오지의 땅 아이티로

그런데 마법 같은 일이 벌어졌어요. 러시아 법무차관이 김용을 따라 노래를 부르기 시작한 거였어요. 그러자 서로 눈치만 보고 있던 러시아 장군들도 하나둘 김용을 따라 노래를 부르기 시작했어요. 노래가 후반에 이르렀을 때 만찬장에 모든 사람들이 하나의 목소리가 되어 라밤바를 불렀어요. 그들은 박수를 치기도 하고 서로 화음을 넣기도 했어요. 말 그대로 하나가 된 것이었어요.

방금 전까지만 해도 딱딱하게 굳은 표정으로 서로를 노려보던 그들은 언제 그랬냐는 듯 서로에게 술잔을 권하고 웃고 떠들며 만찬을 즐겼어요. 그들은 마치 오래된 친구 사이처럼 보였어요.

만찬이 끝나갈 무렵, 한 러시아 장군이 술잔을 치켜들고 외쳤어요.

"자! 나의 친구들, 우리 결핵퇴치사업 한번 멋지게 해 봅시다."

러시아의 독한 술 보드카를 함께 마신 그들은 이미 친구가 되어 있었어요. 러시아 친구들의 도움으로 김용과 PIH는 무사히 구호활동을 마칠 수 있었답니다.

험악하고 딱딱한 분위기 속에서도 적을 친구로 만들 수 있는 김용의 재치가 빛나는 순간이었어요.

결핵의 아버지, 10만 명을 구하다

결핵은 가난한 나라 사람들이 주로 걸리는 병이랍니다. 우리나라에는 결핵에 걸린 사람들이 많지 않아요. 설사 결핵에 걸린다고 해도 약만 먹으면 쉽게 나을 수 있어요. 그래서 결핵은 옛날부터 '가난병' 이라고 불리기도 했답니다.

그런데 가난한 나라의 사람들에게 결핵은 곧 사형선고나 마찬가지였어요. 왜냐하면 결핵약이 너무나 비쌌기 때문이에요.

"말도 안 돼! 이건 완전히 약장수 맘대로잖아!"

약값이 비싼 이유가 다국적 제약회사의 횡포 때문이라는 걸 알게 된 김용은 몹시 분개했어요.

선진국에는 결핵환자가 거의 없었어요. 때문에 결핵약을 만드는 제약회사는 많지 않았답니다. 몇몇 다국적 제약회사들이 이러한 점을 악용해서 약값을 비싸게 받았던 거예요.

김용은 고심 끝에 복제 약을 개발하기로 결심했어요. 복제

오지의 땅 아이티로

약이라고 하니까 영화나 음악 불법복제처럼 나쁜 짓이라고 생각하면 안 돼요. 결핵약은 개발된 지가 오래 되어서 복제는 불법이 아니었거든요.

김용은 소규모 제약회사들을 찾아다니며 복제 약을 만들어 달라고 요청했어요. 그러나 그들은 난색을 표했어요. 돈이 안 된다는 이유였어요.

그럴 수밖에 없는 것이 결핵에 걸린 사람들은 대게 가난한 사람들이었고 그들은 약을 살 돈이 없을 테니까요. 그러나 김용은 포기하지 않고 끈질기게 그들을 설득했어요. 그 결과 몇몇 제약회사에서 복제 약을 만들어 주겠다는 약속을 받아냈어요.

누구도 엄두를 내지 못하던 일을 김용이 해내자 그때까지만 해도 관심을 보이지 않던 사람들이 하나둘씩 김용과 PIH를 돕겠다고 나서기 시작했어요.

"처음 구입하는 약값을 저희가 전부 부담하도록 하지요."

그들은 '국경 없는 의사회'였어요. 그리고 몇몇 다국적 제약회사들도 PIH를 지원하겠다고 나섰어요.

그 결과 약값을 무려 95퍼센트 이상 내리는 데 성공을 했어요. 원래 20,000달러가 넘는 약값을 200달러, 그러니까 무려 2천만 원이 넘는 약값을 20만 원 정도까지 내린 거예요. 그 결과 가난한 사람들도 마음 놓고 결핵약을 사 먹을 수 있게 되었어요.

이러한 노력으로 PIH는 1990년대까지 아이티에서만 10만 명이 넘는 결핵환자의 목숨을 구할 수 있었답니다.

특히 김용이 PIH에서 25년간 헌신하며 개발한 치료 프로그램은 우수함을 인정받았어요. 그래서 지금은 전 세계 40여 개 국에서 활용하고 있답니다.

젊은 청년 둘이서 혈기로 시작했던 PIH는 현재 12개 국가에 1만 3,000명의 직원을 둔 세계적인 의료봉사단체로 성장했답니다.

김용은 사람들이 언제나 안 된다고 고개를 가로젓는 일도 가난한 사람들에게 도움이 된다는 확신이 생기면 서슴없이 나섰어요. 그리고 언제나 성공했어요.

사람들이 김용에게 '그건 너무 비현실적이야.' 라고 말하면 김용은 다음과 같이 응수했습니다.

"그래요, 비현실적이죠. 하지만 우리는 미쳤거든요."

김용은 이러한 공로를 인정받아 2003년에는 동양인 최초로 '천재상' 으로 불리는 맥아더 펠로우 상을 받았답니다.

꿈 친구 : 인생의 동반자

뭐든지 할 수 있어! 꿈 친구와 함께라면.

너에게는 꿈 친구가 있니?

꿈 친구는 같은 꿈을 바라보며 함께 노력하는 친구를 말한단다.

이 아저씨에게는 무엇과도 바꿀 수 없는 소중한 꿈 친구가 하나 있지.

그의 이름은 폴 파머.

우린 하버드에서 처음 만났어. 우리는 가난한 사람들을 돕겠다는 같은 꿈을 꾸었단다. 그래서 금세 가까워질 수 있었지.

폴을 만나지 못했다면 아마도 난 꿈을 이루지 못했을지도 몰라.

꿈을 향해 가는 길은 너무나 멀고 험했으니까.

아이티에서 의료봉사하던 시절, 난 너무 힘들어서 그만 포기하려 했던 적이 있었어.

그때 내가 포기하지 않도록 손을 잡아 준 사람은 바로 꿈 친구 폴 파머였어. 또 WHO에서 새로운 도전을 할 때도 무척 두려웠지. 그때 내게 용기를 준 이도 다름 아닌 폴 파머였어.

세계의 경제 대통령 김용 아저씨의 7가지 꿈의 씨앗

폴은 내가 힘들 때 어깨를 두드려주는 친구, 항상 나를 응원해주고 믿어주는 친구였어.

폴과 함께라면 세상에 무엇도 두려울 게 없었지.

우린 꿈이라는 먼 길을 함께 걸으며 서로에게 지팡이가 되어주고 나침반이 되어주고 때론 그늘이 되어주었지.

그건 바로 우리가 같은 꿈을 꾸었기 때문이었어.

나의 꿈이 곧 친구의 꿈이었기에 서로 의지할 수 있었고 그래서 우리는 쓰러지지 않았던 거야.

아니, 사실은 가끔 쓰러지기도 했어.

하지만 서로를 일으켜 줄 친구가 있었기에 우린 다시 시작할 수 있었어.

만약 네가 꿈이라는 먼 여행을 떠날 거라면,

꼭 잡으렴, 친구의 손을…….

아무리 먼 길이라도 갈 수 있어.

친구와 함께라면…….

오지의 땅 아이티로

예전에는 사람들이 '에이즈는 그들의 운명'이라고 말했어요.
하지만 '3/5 프로젝트' 이후, 사람들은 '그들을 살리는 건
우리의 사명'이라고 말하기 시작했어요.

다섯 번째
이야기
청년의사의 꿈에
날개를 달다

청년의사의 꿈에 날개를 달다

멘토 이종욱 박사를 만나다

2000년, 김용은 인생의 전환점이 되어 줄 큰 인연을 만날 수 있었답니다.

그는 바로 한국인 최초로 WHO 사무총장을 지낸 고 이종욱 박사였어요. 이종욱 박사는 '한국의 슈바이처'라고 불리며 아프리카 빈민들을 치료하는 데 평생을 바친 훌륭한 분이랍니다.

세계의 경제 대통령 김용 아저씨의 7가지 꿈의 씨앗

김용은 페루에서 의료봉사를 하던 중 우연히 이종욱 박사를 만났어요. 그는 겉모습은 무뚝뚝했지만 마음만큼은 아주 따뜻한 사람이었어요. 항상 자신보다 아프리카 빈민들을 위하는 그는 김용이 오랫동안 상상해 왔던 마틴 루터 킹 목사의 모습을 닮아 있었어요.

김용은 가슴이 벅차올랐어요. 평생을 스승으로 모실 만한 분을 만났으니까요. 이종욱 박사도 젊은 의학도의 헌신적인 모습에 반해 김용을 자신의 제자처럼 여기며 아꼈어요.

당시 WHO 결핵국장이었던 이종욱 박사는 김용에게 WHO에 들어와서 함께 일하자고 제안했어요.

"자네처럼 젊고 유능한 인재가 WHO 같은 세계적인 기구에서 일을 한다면 더 많은 빈민들을 살릴 수 있을 거야."

'이건 내가 더 많은 가난한 사람들을 위해 일할 수 있는 절호의 기회야!'

김용은 이종욱 박사의 제안이 너무나 마음에 들었어요. PIH에서 일하며 김용은 늘 자금부족과 인력부족에 시달려야만 했어요. 하지만 무엇보다 김용을 힘들게 했던 것은 불합리한 정책이었어요. 현장 경험이 없는 사람들이 만든 정책은 빈민들과 봉사자 모두를 힘들게 만들었어요. 만약 현장 경험이 풍부한 자신

청년 의사의 꿈에 날개를 달다

이 WHO와 같은 세계적인 기구에서 정책을 만들 수 있다면 빈민들과 봉사자 모두에게 큰 도움이 될 수 있을 것 같았어요.

그러나 선뜻 제안을 받아들일 수는 없었어요. 오랫동안 몸 담고 일해 온 PIH를 떠난다는 것이 마음이 아팠거든요.

굿바이 폴, 굿바이 PIH

"도대체 할 말이 뭐야?"

김용은 폴을 불러놓고 아무런 이야기도 꺼내지 못했어요. PIH를 떠난다는 말을 꺼내는 것이 너무나 미안했거든요. 더구나 폴은 큰 기관에서 정책을 만드는 사람들을 경멸했어요.

'흥! 탁자에 앉아서 펜만 굴리는 녀석들은 현장을 몰라도 너무 몰라!'

그런 폴에게 WHO에 들어간다고 말하면 비웃음만 살게 뻔했어요.

"괜찮아. 우리 사이에 못 할 말이 뭐야?"

폴의 재촉에 김용은 마지못해 속마음을 털어놓았어요.

"난 환자들을 돌보는 것도 좋아. 하지만 좀 더 큰 기관에서

세계의 경제 대통령 김용 아저씨의 7가지 꿈의 씨앗

환자들을 위한 정책을 만드는 일을 하고 싶어. 당장 한두 명의
환자를 치료하는 것보다 좋은 정책을 만드는 일이 더 많은 사
람들을 위한 길이라고 생각해."

이야기를 꺼낸 김용은 폴의 눈치를 살폈어요. 그러나 폴의
대답은 의외로 시원했어요.

"그럼 해. 뭘 망설여?"

"하지만 넌 그쪽 사람들을 경멸하잖아? 그들은 가난한 사람
이 아닌 자신을 위해 일하는 사람들이라고……."

"그래, 분명 그렇게 말했지. 하지만 짐! 넌 달라. 난 네가 가
난한 사람들을 배신하지 않을 거란 걸 알아."

폴이 김용의 어깨를 포옹했어요.

"고마워, 폴. 난 어쩌면 그 말을 듣고 싶었나 봐."

김용은 폴의 품에 안겨 아기처럼 엉엉 울음을 터뜨렸어요.

"야~ 야~ 사나이가 계집애처럼 울기는……. 으하하핫."

폴은 일부러 크게 소리 내어 웃었어요. 그렇지 않으면 눈물
이 터져 나올 것만 같았거든요.

오랫동안 쌍둥이처럼 지내온 친구를 떠나보내는 것은 너무
나 슬픈 일이었어요. 하지만 폴은 더 큰 세상을 향해 떠나는 친
구를 위해 세상에서 가장 아름다운 미소를 지어주었어요.

청년 의사의 꿈에 날개를 달다

무모한 도전

　　김용은 2004년 WHO 에이즈 국장으로 임명되었어요. 에이즈는 빈민들이 가장 흔하게 걸리는 질병 중 하나였어요. 그래서 에이즈 국장은 WHO 안에서도 가장 막중한 임무를 띤 중요한 자리였지요. PIH에서 보여 준 그의 능력을 국제사회에서 인정받은 덕분이었어요.

　　어느 날 김용은 의료봉사를 위해 아프리카에 갔다가 충격적인 사실을 알게 되었어요. 아프리카의 많은 나라에서 성인의 40% 이상이 에이즈에 걸렸다는 점이었어요.

세계의 경제 대통령 김용 아저씨의 7가지 꿈의 씨앗

‘40%라면 거의 두 명 중 한 명꼴로 에이즈 환자라는 거잖아?’

게다가 환자의 수는 4천만 명이 넘었어요. 아프리카 에이즈 환자 수가 우리나라 전 국민의 수와 맞먹는 셈이었지요.

김용은 충격에 휩싸였어요.

그런데 김용을 더욱 놀라게 한 건 의료봉사기관의 태도였어요. 그들은 아무렇지도 않은 표정으로 고개를 가로저으며 이렇게 말했어요.

“안됐지만 그게 그들의 운명인걸!”

‘아니! 운명이라니? 어떻게 의사가 사람의 목숨을 운명이라고 말할 수 있지?’

에이즈보다 더 무서운 건 에이즈를 바라보는 사람들의 시선이었어요.

‘이대론 안 되겠어! 사람들의 선입견을 단숨에 깨버릴 뭔가 획기적인 일이 필요해!’

그는 즉시 ‘3/5 프로젝트’를 세웠어요.

2005년까지, 그러니까 1년 안에 300만 명의 에이즈 환자를 치료해내겠다는 초대형 프로젝트였어요. 김용은 자신의 스승이자 WHO 사무총장인 이종욱 박사에게 이 계획을 설명했어요.

청년 의사의 꿈에 날개를 달다

어지간한 일에는 눈도 깜짝하지 않는 이종욱 박사조차 한동안 입을 다물지 못했어요.

"허! 이……건 무모하기 짝이 없군. 자네다운 계획이야."

하지만 이종욱 박사도 이 프로젝트의 절실함을 잘 알고 있었어요. 한참을 생각에 잠겨 있던 이종욱 박사가 입을 열었어요.

"좋아! 한번 해 보자."

이종욱 박사는 각계의 전문가들에게 도움을 요청했어요. 하지만 그들의 반응은 하나같이 냉담했어요. WHO 직원들조차 거세게 반발했어요.

"1년 만에 300만 명을 치료하겠다고? 정말 제정신이 아니군!"

"그러게. 또 우리만 죽어라 고생하고 결국엔 실패하고 말 거야."

너무나 많은 사람들의 비난에 김용은 크게 실망했어요.

"총장님, 이 일을 어떡하죠?"

그러자 이종욱 박사는 망설임 없이 말했어요.

"걱정 말고 시작해. 모든 건 내가 책임진다."

많은 용기가 필요한 결정이었어요. 만약 이 프로젝트가 실패로 돌아간다면 WHO 사무총장직에서 물러나야 할지도 몰랐으니까요.

걱정스러운 표정으로 바라보는 김용에게 이종욱 박사가 한 마디 덧붙였어요.

"사무총장 자리는 마음껏 일하라고 있는 자리야. 내 맘대로 일도 못한다면 그깟 사무총장 때려치워 버리면 그만이지."

아무 걱정 말고 열심히 일하라는 격려가 담긴 말이었어요. 김용은 스승 이종욱 박사의 말에 큰 힘을 얻을 수 있었답니다.

세상에서 가장 아름다운 날갯짓

일단 시작은 했지만 생각 이상으로 어려운 일이었어요. 무엇보다 어려웠던 건 자금 마련이었어요. 300만 명이나 되는 에이즈 환자들을 치료하는 데엔 천문학적인 돈이 필요했으니까요.

그러나 김용을 더욱 힘들게 한 것은 사람들의 냉담한 시선이었어요. 다른 사람들은 그렇다 치더라도 같은 WHO 동료들의 차가운 비웃음에는 어지간한 김용도 마음에 상처를 입을 수밖에요. 심지어는 고마워해야 할 아프리카의 장관들조차도 무

청년 의사의 꿈에 날개를 달다

모한 일이라고 사사건건 트집을 잡으며 협조하지 않았어요.

유일하게 그들을 응원했던 건 에이즈 환자들과 가난한 사람들뿐이었어요.

"오! 세상에, 우리 모두를 치료해 준다고요?"

"저들은 하나님이 보내신 사람들이 틀림없어!"

그들의 응원은 지친 김용을 일으켜 세웠어요.

그리고 김용과 이종욱 박사는 마침내 해냈어요. 처음 계획

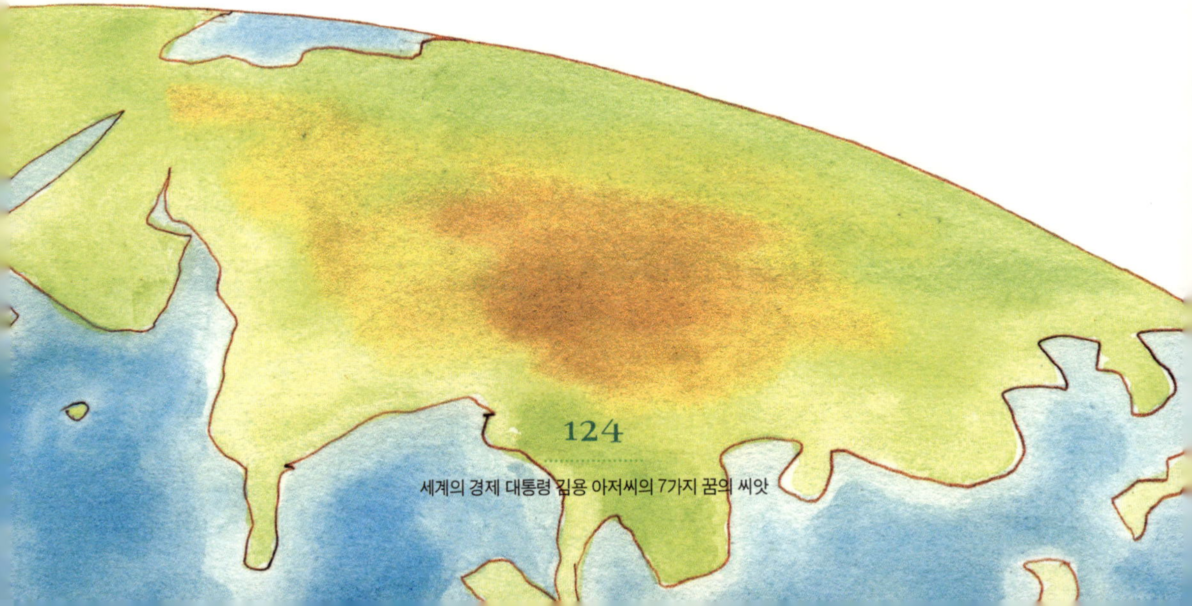

세계의 경제 대통령 김용 아저씨의 7가지 꿈의 씨앗

보다 2년 정도 늦어지긴 했지만 '3/5 프로젝트'는 끝내 목표를 달성했어요. 2007년, 마침내 300만 명의 에이즈 환자의 목숨을 구할 수 있었답니다.

이 운동은 많은 사람들의 생각을 바꾸어 놓는 계기가 되었어요.

예전에는 사람들이 '에이즈는 그들의 운명'이라고 말했어요. 하지만 '3/5 프로젝트' 이후, 사람들은 '그들을 살리는 건 우리의 사명'이라고 말하기 시작했어요.

김용과 이종욱 박사의 열정은 마침내 세계 정상들의 마음까지 움직였어요.

2005년 봄, G8 세계정상회의에서 2010년까지 4천만 명에 달하는 아프리카의 모든 에이즈 환자들이 치료를 받을 수 있도록 하는 결의를 이끌어냈답니다.

나비효과라는 말이 있어요. 작은 나비의 날갯짓이 지구 반대편에 태풍을 일으킬 수도 있다는 과학 논리예요.

전 세계 4천만 명의 에이즈 환자들의 목숨을 구한 두 사람의 용기 있는 행동은 세상에서 가장 아름다운 날갯짓이 아니었을까요?

강단으로 돌아오다

WHO에서의 임무를 성공적으로 마친 김용은 본래의 자리인 하버드 의대 교수로 돌아왔어요. 김용은 현장에서 발로 쌓은 소중한 경험들을 하버드 의대 학생들에게 들려주었어요. 김용의 수업에는 언제나 학생들로 미어터졌어요. 앉을 자리가 없어서 강의실 뒤편에 서서 들어야 할 정도였지요. 세

세계의 경제 대통령 김용 아저씨의 7가지 꿈의 씨앗

계적인 에이즈 치료 현장에서 얻은 살아 있는 지식을 전해 줄
수 있는 교수는 흔치 않았거든요.
　김용은 자신이 페루와 아프리카에서 의료봉사를 하던 경험
을 학생들에게 들려주곤 했어요. 그럴 때면 학생들은 눈을 초

롱초롱하게 뜨고 김용 교수의 말을 한마디도 놓치지 않으려고
안간힘을 썼어요.

"제가 페루와 아프리카에서 의료봉사를 하며 느낀 점은 그
들을 죽게 만드는 것은 병이나 가난 따위가 아니라는 것입니
다. 진정 그들을 죽게 만드는 건 바로 우리의 무관심입니다."

김용은 학생들에게 항상 이렇게 말했어요.

"의사는 환자의 몸만 치료해서는 안 됩니다. 환자의 마음까
지 치료할 수 있어야 진짜 의사입니다."

김용은 언제나 의사의 봉사 정신을 강조했어요.

이러한 김용의 노력으로 사회의학(의사의 사회봉사 정신을 배우
는 과목)이 하버드 의대생이라면 모두가 들어야 하는 필수 과목
으로 채택되었답니다.

언젠가 한 학생이 이렇게 물었어요.

"교수님은 환자를 자주 접촉하시는데, 혹시 감염이 두렵지
는 않나요?"

그러자 김용은 웃으며 대답했어요.

"물론 가끔 두렵기는 합니다. 하지만 그럴 땐 처음 의사가
되기 위해 선서를 하던 그날을 생각해요. 그러면 거짓말처럼
두려움이 사라진답니다. 그리고 새 힘이 솟지요. '그래! 난 의

세계의 경제 대통령 김용 아저씨의 7가지 꿈의 씨앗

사야.’ 의사이기 때문에 두렵지 않습니다. 의사는 어떠한 순간에도 환자를 치료해야 하는 사명이 있으니까요.”

　김용은 PIH나 WHO에서 가난한 사람들을 위해 의료봉사를 하던 시절이 가끔 떠올랐어요. 그때가 몹시 그립기도 했지요. 하지만 학생들을 가르치는 일은 김용에게 또다른 설렘을 느끼게 했답니다.

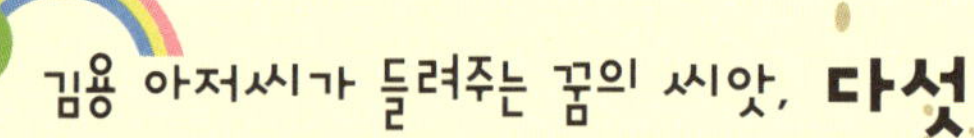

도전 : 위대한 일에 도전하렴

위대한 도전이란 나를 뛰어넘는 거야.

'도전.' 내가 가장 좋아하는 단어야.

어릴 적 '언제나 위대한 일에 도전하라.' 라는 어머니의 말씀을 가슴속 깊숙이 새겨 두었거든.

난 언제나 새로운 일에 도전해 왔단다.

고등학교 시절 백인 학생들을 제치고 당당하게 학생회장에 당선되었던 것도, 아프리카에서 300만 명의 에이즈 환자의 목숨을 구할 수 있었던 것도, 아시아계 최초로 다트머스 총장, 세계은행 총재의 자리에 오른 것도, 언제나 도전했기에 가능한 일이었지.

도전이 없었더라면 오늘의 나, 김용도 없었을 거야.

물론 쉬웠던 건 아니었어.

도전이란 남들이 가 본 적 없는 새로운 길을 가는 거니까. 그래서 내가 길을 만들어야 하니까.

사람들은 늘 쉽게 말을 하지.

'안 돼!' 라고.

아저씨가 대학생 시절 의료봉사를 위해 아이티로 떠날 때에도, WHO 시절 300만 명의 에이즈 환자를 살리겠다고 했을 때도, 언제나 돌아온 대답은 '안 돼!' 였어.

하지만 모두가 안 된다고 또 불가능하다고 말하는 그 길을 갔을 때, 나는 더욱 성장할 수 있었고 더 빛나는 성과를 얻을 수 있었단다.

너희들도 해 보렴. 작은 일부터 도전해 보는 거야.

국토대장정 프로그램에 참여해 보렴.

주말에 아빠와 함께 남산 꼭대기를 올라 보는 건 어떨까?

정말 숨이 목까지 헉헉 차더라도 끝까지 가 보는 거야.

아! 더 이상은 못하겠어, 이제 포기할래.

이런 생각이 머리에 드는 순간,

한 걸음 더 가 보는 거야.

진짜 위대한 도전이란

너의 한계를 뛰어넘는 거야.

마음의 벽을 뛰어넘는다면

넌 위대한 사람이 될 수 있어.

나, 김용 아저씨처럼 말이야.

청년 의사의 꿈에 날개를 달다

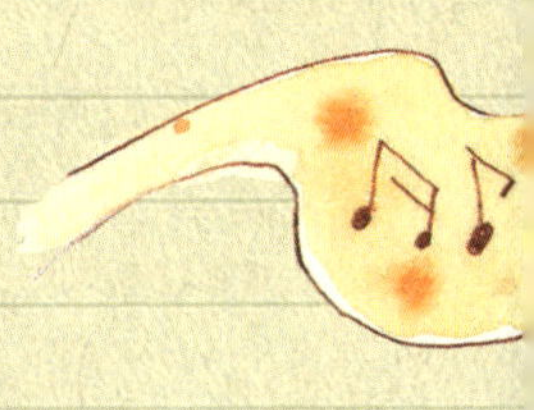

다트머스 학생들의 친구

"만약 제가 총장이 된다면 다트머스가 무엇이 될까보다
지금 제가 다트머스를 위해 무엇을 할 수 있을까를 고민할 것입니다."

다트머스 학생들의 친구

뜻밖에 찾아온 기회

어느 날 김용은 뜻밖의 전화 한 통을 받았어요.

"박사님께서 다트머스 대학교 총장 후보에 올랐습니다. 인터뷰에 꼭 응해 주시길 바랍니다."

김용은 뜻밖의 제안에 어리둥절했어요.

'아니! 도대체 왜 나를 총장 후보로 뽑은 거지?'

아무리 생각해 봐도 자신은 총장으로서 적합한 인물이 아니었거든요.

그도 그럴 것이 김용은 학교 행정가로서 경험이 있었던 것도 아니고 학자로서 이름이 높았던 것도 아니었어요. 그저 의료봉사인 중 한 명이었을 뿐이었으니까요.

김용은 아내의 생각을 물어봤어요.

"여보! 인터뷰에 꼭 참여해 봐요. 혹시 모르는 일이잖아요?"

김용은 아내의 말이 고마웠어요. 항상 김용에게 긍정의 에너지를 불어넣어 주는 아내는 언제나 그를 지켜주는 든든한 버팀목 같은 존재였어요. 아내의 말에 힘입은 김용은 인터뷰에 참석하기로 마음을 먹었어요.

하지만 큰 기대를 한 건 아니었어요. 다트머스 대학 총장이 되기란 무척 어려운 일이었거든요. 다트머스 대학은 미국 최고 명문대학인 아이비리그 대학 중 하나였어요.

우리나라로 치면 서울대, 연세대, 고려대쯤 될까요? 때문에 수많은 실력 있는 사람들이 다트머스 대학 총장이 되고 싶어 하는 것은 당연했지요. 무엇보다 가장 걱정스러운 건 단 한 번도 소수인종 출신이 다트머스 대학 총장에 오른 적이 없었다는

다트머스 학생들의 친구

점이었어요.

'안 되면 어때? 참석만으로도 좋은 경험이 될 거야.'

김용은 가벼운 마음으로 인터뷰에 참석했어요.

아이비리그 최초의 한국인 총장

인터뷰를 위해 다트머스 대학을 방문했을 때 김용은 깜짝 놀라지 않을 수 없었어요. 무려 400명이 넘는 후보가 인터뷰를 하기 위해 참석을 했던 거예요. 게다가 그들은 모두 쟁쟁한 인물들이었어요. 이미 유명 대학에서 몇 번이나 총장을 지낸 인물들은 물론이고 노벨상 수상자들도 후보에 올라 있었어요.

'혹시! 나를 들러리로 세운 건 아니겠지?'

김용의 마음은 점점 무거워졌어요. 인터뷰를 하기 위해 면접실에 들어갔을 때 김용이 면접관에게 도리어 물었어요.

"왜 나를 총장 후보에 올린 거죠?"

김용의 어이없는 질문에 면접관들이 웃음을 터뜨리고 말았어요. 그도 그럴 것이 모두들 화려한 경력과 지위를 내세우며 왜 자신이 다트머스 대학 총장에 적합한 사람인지 설명하기 바빴거든요. 그런데 뜬금없이 왜 자신을 총장 후보로 뽑았는지 되묻자 웃음이 나올 수밖에요. 덕분에 딱딱했던 면접실 분위기가 한결 부드러워진 건 말할 것도 없지요.

"자! 김용 박사, 간단한 자기 소개와 포부를 말씀해 주세요."

"네, 여기 모이신 분들은 모두 훌륭하신 분들이군요. 그분들에 비하면 저는 아무것도 아닌 사람입니다. 하지만 한 가지 확실히 말씀드릴 수 있는 것은 저는 무언가가 되기 위해 살아온 건 아니라는 점입니다. 저는 항상 제가 무엇을 할 수 있을지를 고민해 왔습니다. 만약 제가 총장이 된다면 다트머스가 무엇이 될까보다 지금 제가 다트머스를 위해 무엇을 할 수 있을까를 고민할 것입니다."

인터뷰를 마치고 돌아온 김용은 일상으로 돌아갔어요. 전과 같이 하버드에서 학생들을 가르치고 봉사활동을 하며 시간을 보냈어요. 김용의 머릿속에서 다트머스 총장에 관한 생각은 이미 까맣게 지워져 있었어요.

며칠 후, 김용은 다트머스 대학으로부터 기쁜 소식을 들었어요.

"축하드립니다. 박사님께서 다트머스대 총장으로 선출되셨습니다. 허락해 주시겠습니까?"

김용은 또 한 번 당황을 해야만 했어요. 김용은 자신이 절대로 총장에 뽑힐 리 없다고 믿고 일찌감치 포기하고 있었거든요.

김용은 무척 기뻤지만 다른 한편으로는 마음이 무거웠어요. 다트머스 대학 총장이 된다면 오랫동안 해왔던 의료봉사를 더

는 할 수 없을 테니까요. 다트머스 대학처럼 큰 대학의 총장은
무척 바쁘거든요. 의료봉사를 할 짬을 낼 수 없는 게 당연한 일
이지요.

김용은 고민에 빠졌어요.
'그래, 교육을 하자! 수많은 리틀 김용, 리틀 폴을 길러 세상
에 내보내는 거야. 나 하나가 세상을 위해 일하는 것보다 세상
을 변화시킬 수 있는 인재를 키우는 것이 더욱 중요한 일일지
도 몰라.'
"네, 기쁜 마음으로 수락하겠습니다."
김용은 밝지만 단호한 목소리로 대답을 했어요.
다트머스 대학 최초 아시아인 총장이 탄생하는 감격스러운
순간이었어요.

환영받지 못한 총장님

처음 김용이 다트머스에 총장으로
왔을 때 따뜻하게 환영을 받았던 건 아니었어요.

다트머스 학생들의 친구

한번은 이런 일도 있었어요.

김용이 총장으로 선출된 다음날 한 학생이 학교 인터넷 사이트에 김용 예비 총장을 조롱하는 글을 올린 거예요.

"이제 다트머스는 아시아 대학이 되어 버리게 생겼군. 다트머스는 미국의 대학이지 중화요릿집이 아니야."

김용 총장을 중국인으로 묘사해서 비하하는 아주 비겁한 글이었어요.

순식간에 1,000여 명의 학생들이 이 글을 읽었어요. 학교가 발칵 뒤집혀진 건 말할 것도 없지요.

"총장님! 이건 그냥 넘어갈 일이 아닙니다."

"그렇습니다. 이 글을 올린 학생을 찾아내 엄하게 처벌해야 합니다."

"저희가 이 글을 쓴 학생을 즉시 찾아내겠습니다."

그러나 김용은 오히려 담담한 표정으로 말했어요.

"아니오. 그냥 두고 봅시다. 지성인이라면 반드시 자신의 잘못을 스스로 깨닫는 법이오. 우리가 할 수 있는 건 그저 그에게 반성할 수 있는 시간을 주는 것뿐입니다."

김용은 보좌관들에게 절대로 학생을 처벌하지 말 것을 당부했어요.

그리고 며칠 후, 김용의 생각은 정확히 들어맞았어요. 학생이 스스로 잘못을 인정하고 사과의 글을 올린 거예요.

"저의 철없는 행동으로 총장님과 학우 여러분에게 상처를 입히게 되어 정말 죄송합니다. 무척 후회하고 있습니다."

보좌관들은 그제야 김용의 깊은 뜻을 알아차리고 고개를 끄덕였어요. 만약 학생을 찾아내어 처벌했다면 아마도 그 학생은 반성은커녕 오히려 불만을 가졌겠지요. 하지만 김용은 용서함으로써 그 학생이 진심으로 반성을 할 수 있는 기회를 준 것이랍니다.

그뿐이 아니었어요.

총장이 된 김용은 다트머스 대를 졸업한 동문들을 만찬에 초청했어요. 학교를 운영하기 위해서는 동문들의 도움이 절실했거든요.

김용은 그들 모두에게 술을 따라주며 공손히 인사를 했어요.

"안녕하십니까? 이번에 총장을 맡게 된 짐 용 킴이라고 합니다."

하지만 몇몇 나이가 많은 동문들은 김용 총장을 몹시 불편하게 여기는 눈치였어요.

다트머스 학생들의 친구

"아니! 어떻게 아시아인이 다트머스 대 총장이 될 수 있담?"

"그러게 말이오. 우리 때만 해도 아시아인은……. 쯧쯧."

그들은 대부분 나이가 지긋한 노인들이었어요. 그들이 대학을 다니던 시절에는 아시아인이 미국에서 대학을 다니기란 하늘에 별 따기였어요. 더구나 그들의 마음속 깊은 곳에는 백인인 자신들이 다른 인종보다 우월하다는 생각을 가지고 있었어요. 그런 그들이 한국인인 김용 총장에게 머리를 숙인다는 것은 받아들이기 어려운 일이었지요.

그들은 그저 김용의 인사에 마지못해 답례를 할 뿐이었어요. 하지만 김용은 그들을 이해하려고 노력했어요.

'당장은 그들이 마음의 문을 열지 않겠지만 이런 자리를 자주 가지며 소통하다 보면 머지않아 서로 이해할 수 있는 날이 오겠지.'

이렇듯 김용 총장에게는 아직 넘어야 할 산이 많았답니다.

다트머스의 시어머니

김용이 다트머스 총장에 취임한 후 얼마 지

나지 않았을 무렵이었어요.

"총장님! 큰일 났습니다. 학교의 재정적자가 1억 달러가 넘었습니다. 이대로 가다간 우리 대학이 파산할지도 모릅니다."

김용이 총장이 되기 전부터 쌓인 학교 빚이 어느새 1억 달러, 우리 돈으로 무려 1,200억 원이 훌쩍 넘어 있었어요. 총장직에 오르자마자 무거운 숙제가 안겨진 셈이었지요.

김용은 결단을 내려야만 했어요.

"이제부터는 변해야 생존할 수 있습니다."

김용의 태도는 단호했어요. 김용은 당장 자신부터 모범을 보였어요.

이면지 활용, 전기 아끼기 등. 그뿐이 아니었어요. 김용은 스스로 경비원이 되어 늦은 밤 일일이 강의실을 돌아다니며 빈 강의실에 불이 켜진 곳은 없는지 살폈어요. 보좌관은 이런 김용의 모습에 혀를 내두를 지경이었지요.

한번은 이런 일도 있었어요.

집무실에 불이 꺼져 있어서 보좌관은 김용이 일찍 퇴근 한 줄 알고 집무실을 잠그려고 했어요. 그런데 가만 보니 책상 앞에 김용이 앉아서 책을 읽고 있질 않겠어요?

다트머스 학생들의 친구

"아니! 총장님, 왜 불도 켜지 않으시고……."

김용은 책을 창가에 바짝 붙이며 말했어요.

"뭐 어떤가? 아직 밝고 좋은걸. 나는 형광등보다 하나님이 내려주신 햇빛이 훨씬 더 좋아."

또한 김용은 시어머니처럼 대학 재정에 시시콜콜 관여했어요.

"줄일 수 있는 건 뭐든지 줄이세요."

교수 월급은 물론, 강의실 전기, 심지어는 화장실의 화장지나 쓰레기봉투까지 철저히 관리하며 절약했어요.

교직원들의 불만은 이만저만이 아니었어요.

"아니, 이거 너무한 거 아니야?"

"이거 원! 시어머니가 따로 없군!"

김용은 모든 비난을 묵묵히 받아들였어요. 하지만 절대 물러서지 않았어요.

모든 것을 줄일 것을 강조한 김용이 마지막까지 줄이지 않

세계의 경제 대통령 김용 아저씨의 7가지 꿈의 씨앗

으려고 애썼던 것은 바로 교직원이었어요. 이사회에서는 총장인 김용에게 직원 수를 대폭 줄일 것을 요구했어요. 대학 운영비를 줄이기 위해서는 인건비를 줄이는 것이 가장 쉽고 빠른 방법이었거든요.

하지만 김용은 강력하게 반대를 했어요. 모든 걸 다 줄여도 사람을 버릴 수는 없다는 것이 김용의 생각이었거든요.

김용은 끊임없이 이사회를 설득하는 한편 대학 운영비를 절감하기 위해 더욱 애썼어요. 결국, 먼저 두 손을 든 건 이사회였어요. 그 결과, 다트머스는 대량해고를 막아낼 수 있었답니다.

그러한 김용의 노력 끝에 다트머스는 불과 2년 만에 재정적자를 극복할 수 있었어요. 다른 대학들과 비교하면 기적 같은 일이었지요. 대학의 재정은 아주 튼튼해졌고 교직원들은 해고의 공포에서 벗어날 수 있었어요.

처음에는 김용을 원망했던 교수와 교직원들은 물론이고 학생들까지도 김용을 더욱 존경하고 신뢰하게 되었답니다.

때론 친구처럼

어느 날, 다트머스 학생들 앞으로 한

다트머스 학생들의 친구

통의 메일이 왔어요.

'이번 주 금요일 점심을 함께 합시다. - 짐 용 킴'

학생들은 깜짝 놀랐어요.

"응! 이게 뭐야? 짐 용 킴이면 우리 대학 총장님 아냐?"

"나도 받았어. 이거 누군가가 보낸 장난 메일 같은데."

"그래도 혹시 알아? 한번 답장을 보내볼까?"

대부분의 학생들은 장난 메일이라고 생각하고 지워버렸어요. 하지만 몇몇 학생들은 호기심에 답장을 보내 보았어요. 그리고 약속한 금요일, 가장 빨리 답장을 보낸 14명의 학생들은 김용 총장과 함께 점심식사를 할 수 있었어요.

"야! 나 지난 금요일에 총장님하고 같이 점심 먹었다니까! 내가 식판이 너무 낡았다고 투덜대니까 총장님이 바꿔주신대."

"우와! 그 메일 진짜였냐? 나도 답장 보낼걸."

"다음주에도 또 있으니까 그때 꼭 답장 보내. 아무튼 너희들 새 식판에 밥 먹으면 다 내 덕분인 줄 알아라."

일주일에 한 번, '총장님과의 점심식사'는 다트머스 내에서 내 큰 화젯거리가 되었어요.

학생들은 서로 답장을 빨리 보내기 위해 안달이 났어요. 총장님과 함께 점심을 먹기 위해서는 답장이 14등 안에 들어야만 했거든요.

총장님과의 점심식사 시간은 너무나 재미있었어요. 총장님은 조금도 권위적이지 않았어요. 오히려 편한 친구 같았어요.

어떤 남학생은 좋아하는 여학생에 대한 고민을 털어놓았어요. 다른 학생은 시험 좀 줄여줄 수 없냐고 하소연하기도 했어요. 학교 식당 밥맛이 형편없다고 버럭버럭 화를 내는 학생도 있었어요.

어떤 이야기를 해도 총장님은 끝까지 들어 주셨어요. 조언을 해 주기도 하고 때론 학생들과 목소리를 높여 논쟁을 하기도 하였답니다.

그뿐이 아니었어요.

주말에는 학생들과 어울려 등산을 가거나 풋볼 게임을 즐기기도 했어요. 학생들과 함께 캠핑을 가서 장작을 쌓아놓고 캠프파이어를 즐기기도 했어요. 학생들과 어깨동무를 하며 모닥불 주위를 뛰어다니기도 했고요.

다트머스 학생들은 김용 총장에 대해 이렇게 말을 한답니다.

"총장님이 미식축구 경기 때 자주 응원 오세요. 그와 함께 경기하는 건 정말 신나는 일이에요."

다트머스 학생들의 친구

“짐이요? 짐은 제 가장 친한 친구예요. 같이 휴가도 가고 커피도 마셔요. 짐은 멋진 친구죠.”

때론 아빠처럼

　　　　　　김용은 이렇게 친구 같은 총장님이었지만, 때로 학생들을 걱정하는 아버지 같은 총장님이었어요. 김용 총장이 가장 무서워하는 게 있었는데 그게 뭐냐면 바로…….

어느 날 이른 아침이었어요.

“총장님! 큰일 났습니다. 어제 학생 2명이 기숙사 지붕에서 술을 먹고 놀다 그만…….”

김용은 너무 놀란 나머지 그 자리에 철퍼덕 주저앉아버렸어요.

“다행히 죽지는 않았습니다만, 위독한 상태입니다.”

“콘크리트 바닥인데……. 얼마나 아팠을까? 얼마나 아팠을까?”

김용은 울먹이며 정신 나간 사람처럼 중얼거렸어요. 김용은 보좌관의 부축을 받으며 책상 앞에 앉았어요.

세계의 경제 대통령 김용 아저씨의 7가지 꿈의 씨앗

이제 김용은 죽기보다 싫은 일을 해야만 했어요. 김용은 힘겹게 전화기를 들었지만 떨리는 손가락 때문에 도무지 버튼을 누를 수가 없었어요.

"이보게, 버튼 좀 눌러 주겠나?"

김용은 보좌관의 도움을 받아 어렵사리 전화를 걸 수 있었어요.

"여보세요. 다트머스 대학 총장 짐 용 킴입니다. 아드님이 술을 먹다가 그만 사고를…… 죄송합니다. 흑흑……. 정말 죄송합니다, 흑흑."

전화를 끊은 김용은 책상에 엎드린 채 한참을 울었어요. 모든 것이 자신의 잘못인 것만 같았어요. 자신을 믿고 소중한 자식을 맡겨 준 학부모에게 미안했고, 다친 학생에게도 너무나 미안했어요.

김용의 울음이 그치길 기다린 보좌관이 안쓰러운 표정으로 말했어요.

"총장님, 아직 한 통 더 하셔야 합니다."

그 사건이 있고, 김용은 밤마다 잠을 설쳐야만 했어요.

'지금쯤 어디서 우리 학생이 술을 마시고 혹시……?'

다트머스 학생들의 친구

하는 생각이 끊임없이 김용을 괴롭혔어요.

　김용은 고심 끝에 '과음과의 전쟁'을 선포했어요. 대학 내 잘못된 음주문화를 바꾸기로 결심을 한 것이었어요.

　캠페인을 통해 학생들을 설득하고, 다양한 동아리 활동과 예술 활동을 통해 학생들이 술보다 더 즐거운 취미를 가질 수

있도록 도왔어요.

또 김용은 미국 내 32개의 대학 총장들을 설득하여 연합을 결성했어요. 학생들의 음주와 관련된 연구와 대처 경험, 전략 등을 함께 공유하며, 교류를 통해 해결하려는 새로운 시도였어요.

김용의 이러한 노력으로, 다트머스 내의 음주사고는 눈에 띄게 줄어들었어요. 덕분에 김용 총장의 '잠 못 이루는 밤'이 줄었음도 물론이고요.

술을 먹다가 학생이 다치는 일을 가슴 아파한 김용의 따뜻한 마음이 가져온 작은 변화였어요.

고개 숙인 총장님

2009년 12월에 있었던 일이에요.

다트머스 대학과 하버드 대학이 자존심을 걸고 축구시합을 한판 하게 되었어요.

다트머스와 하버드는 미국 동부를 대표하는 명문대학이에요. 때문에 두 학교는 서로에게 영원한 라이벌이자 숙적(맞수)이었어요.

다트머스 학생들의 친구

학생들은 만나기만 하면 서로 자기네 대학이 더 좋다고 다투곤 했답니다. 그런 두 학교가 축구시합을 붙었으니 경기 내내 불꽃이 튈 정도였지요. 마치 우리나라와 일본의 축구경기 같다고나 할까요?

경기는 점점 뜨거워졌고 시간이 갈수록 선수와 관중들은 흥분하기 시작했어요.

"이봐~ 하버드 얼간이들, 너무 비겁한 것 아냐?"

"뭐라고? 다트머스 촌뜨기들아! 비겁한 건 너희 쪽이야."

"우우~우 꺼져라. 하버드."

"다트머스 네놈들이야말로 지옥열차 타고 고고씽!"

말다툼은 점점 더 거칠어지고 급기야 욕설까지 오갔어요. 흥분한 팬들은 서로에게 깡통과 팝콘을 집어 던지며 소리를 질렀어요. 자칫 잘못했다가는 패싸움으로 번지기 일보 직전이었어요.

다행히 관계자들의 만류로 일이 더 커지지는 않았지만 그날의 경기는 모두가 진, 아름답지 못한 모습으로 끝나고 말았어요.

이 소식을 전해들은 김용은 부끄러워서 얼굴을 들지 못할

세계의 경제 대통령 김용 아저씨의 7가지 꿈의 씨앗

지경이었어요.

세계에서 제일가는 지성인인 줄 알았던 자신의 학생들이 그처럼 무례하고 폭력적인 행동을 했다는 것이 믿어지지 않았어요.

"오늘만큼은 내가 다트머스 총장이라는 사실이 자랑스럽지가 않군요."

김용이 침통한 표정으로 말했어요.

"학생들을 불러 따끔하게 야단을 치도록 하겠습니다."

"아니오. 내 학생들의 잘못이니 내가 사죄를 해야지요."

"네에? 총장님이 직접요?"

보좌관이 펄쩍 뛰며 김용을 말렸어요.

"아니, 아무리 그래도 총장님이 직접 사과하시는 건 좀……. 이건 학교의 명예가 걸린 문제입니다."

"잘못을 인정하고 고개를 숙이는 건 부끄러운 일이 아닙니다. 잘못을 저지르고도 사과를 하지 않는 것이야말로 진정 부끄럽고 명예롭지 못한 일입니다."

김용은 직접 하버드 총장을 찾아가 머리를 숙여 정중하게 사과를 했어요. 옆에 서 있던 보좌관은 얼굴이 벌개진 채 어쩔 줄을 몰랐어요. 그도 그럴 것이 경쟁 학교 총장에게 자신의 총장

다트머스 학생들의 친구

이 직접 머리를 숙여 사과를 한다는 게 여간 자존심 상하는 일
이 아니었거든요.

그런데 그게 끝이 아니었어요.

"아니, 총장님! 축구팀 학생들에게도 사과를 하시겠다고
요?"

보좌관은 울상이 되었어요.

경쟁 학교 총장에게 사과를 하는 것도 속상할 판인데 자식
뻘 되는 학생들에게까지, 그것도 총장이 직접…….

하지만 김용을 말릴 수는 없었어요.

김용은 하버드 축구팀 학생들에게도 머리를 숙여 사과를 했
어요.

이 일은 다트머스 학생들에게 알려졌어요.

"우리 총장님이 하버드 총장에게 사과를 하셨대."

"우리 때문에 하버드 축구팀 학생들에게 머리까지 숙이셨
대."

학생들은 모두 숙연해졌어요.

"이봐! 우리가 직접 사과하자. 우리가 벌인 일이잖아?"

"그래, 우리는 성인이잖아? 총장님 등 뒤에 숨어서는 안 돼."

다트머스 축구팀 선수들은 하버드 축구팀 측에 공식 사과문

을 전달했어요.

사실 자신들도 딱히 잘한 건 없다고 생각하고 있던 하버드 축구팀은 다트머스 총장의 사과에 이어 다트머스 축구팀의 공식 사과까지 받자 오히려 머쓱해지고 말았어요. 물론 하버드 축구팀은 다트머스 측의 공식 사과를 흔쾌히 받아들였답니다.

자칫 서로에게 상처가 될 수도 있었던 사건이 훈훈하게 마무리될 수 있었던 건 어릴 적 어머니로부터 언제나 밀알처럼 고개를 숙이라는 가르침을 몸소 실천했던 김용의 올바른 마음가짐이 학생들에게 전해졌기 때문이 아니었을까요?

다트머스의 댄싱킹 1

"총장님! 저희랑 춤 한 곡 추실까요?"

한 학생의 뜬금없는 제안에 김용은 어리둥절했어요. 그는 다트머스 가스펠 합창단의 단장이었어요.

"곧 우리 학교 가요제인 '다트머스 아이돌 쇼'가 있잖아요? 총장님과 함께 결승무대에 서고 싶어요."

김용은 잠시 망설였어요. 미식축구, 농구, 골프 등 못하는

다트머스 학생들의 친구

운동이 없는 김용이었지만 힙합과 랩은 한 번도 해 본 적이 없었거든요.

김용은 엉덩이까지 축 늘어진 청바지를 입고 학생들 앞에서 힙합 춤을 추며 랩을 하는 자신의 모습을 상상해 보았어요.

'오~ 맙소사! 이건 너무 우스꽝스럽잖아!'

김용은 두 눈을 질끈 감았어요.

"학생들이 모두 짐을 원해요."

가스펠 단장은 끈질기게 김용을 설득했어요.

김용은 창피한 생각이 들었어요.

'이거 괜히 나섰다가 학생들에게 망신만 당하는 건 아닐까?'

하지만 거절할 순 없었어요. 학생들과 더욱 가까워질 수 있는 절호의 기회였거든요.

"좋아요, 한번 해봅시다."

일단 결심을 굳힌 김용은 누구보다 열정적으로 준비를 했어요. 총장 업무로 바쁜 와중에도 틈틈이 시간을 내어 춤과 노래를 연습했어요.

그에겐 연습실과 연습시간이 따로 없었어요. 그가 있는 곳이 연습실이고 혼자 있는 시간은 언제나 연습시간이었어요.

운전을 하면서도 노래를 연습하는 건 물론이고 심지어 총장실에서 혼자 춤을 추다가 보좌관에게 들켜 민망했던 적도 있었어요.

그의 열정은 춤과 노래를 가르치던 보이스 코치조차 혀를 내두를 지경이었지요.

"총장님은 정말 못 말리는 분이라니까요."

그런 노력 덕분이었을까요? 가요제 날짜가 가까워졌을 무렵 김용의 춤 솜씨는 다른 단원들과 비교해도 손색이 없을 정도까지 발전했답니다.

다트머스의 댄싱킹 2

드디어 모든 학생들이 손꼽아 기다리던 다트머스 아이돌 쇼 당일이 되었어요.

다트머스 대학교 최고의 축제인 만큼 수많은 학생들이 쇼를 보기 위해 참석했어요. 드넓은 학교 캠퍼스가 사람으로 가득 찼어요. 캠퍼스는 거대한 인간 숲처럼 보일 정도였어요.

쇼에 참가한 학생들은 저마다 자신들의 갈고 닦은 끼를 마

음껏 자랑했어요. 만약 쇼에서 우승을 차지한다면 다트머스 대학교 최고의 스타가 되는 것이었어요. 모든 학생들의 인기를 한 몸에 받을 수 있지요. 때문에 학생들의 경쟁은 몹시 치열했어요.

이윽고 예선이 모두 끝나고 마지막으로 결승전만을 앞두고 있었어요. 결승무대를 축하하기 위해 다트머스 최고의 인기 그룹인 가스펠 합창단이 공연을 했어요. 학생들이 가장 기다렸던

세계의 경제 대통령 김용 아저씨의 7가지 꿈의 씨앗

공연이기도 했지요.

　하얀 연기와 함께 가스펠 합창단이 등장하자 학생들은 흥분의 도가니에 빠졌어요.

　학생들은 모두 열광했어요.

　"와~ 와~ 가스펠 짱!"

　"꺄~ 꺅~ 가스펠 너무 멋져!"

　그런데 이게 어찌된 일일까요? 가스펠 합창단 가운데 나이가 지긋해 보이는 남자가 보였어요.

　"엥! 웬 아저씨?"

　"혹시 너희 아빠 아니니?"

　학생들이 웅성거렸어요. 그 남자는 학생들에게 손을 흔들며 선글라스를 벗었어요.

　객석이 술렁거렸어요.

　"서…… 설마!"

"마, 맙소사!!"

학생들은 말할 것도 없고 교수들까지도 깜짝 놀랐어요.

"이, 이런, 총장님이잖아?"

아무리 눈을 씻고 봐도 그는 틀림없는 다트머스 대학교 총장, 김용이었어요.

그런데 그는 평소 학생들이 늘 보았던 총장님이 아니었어요. 깔끔한 정장을 입고 언제나 인자한 미소를 짓던 품위 있는 총장님은 오간 데가 없었어요. 무대엔 하얀 가죽 재킷과 중절모, 그리고 힙합 청바지를 입은 래퍼 김용이 있을 뿐이었어요.

학생들을 더욱 놀라게 한 건 그의 댄스 솜씨였어요. 그의 능숙한 댄스 솜씨는 아이돌 스타의 뺨을 칠 정도였지요.

학생들이 환호하기 시작했어요.

"우~와!"

"총장님 좀 짱인 듯."

"짐 최고예요!"

학생들은 모두 김용을 향해 엄지손가락을 치켜세웠어요.

학생들은 하나둘 김용의 노래를 따라 부르기 시작했어요. 점잖게 앉아 있던 교수님들도 리듬에 맞춰 들썩거리며 어깨춤을 췄어요.

축제장에는 총장도 교수도 학생도 없었어요. 권위도 나이도 없었지요. 그곳엔 오직 뜨거운 열정과 하나가 된 다트머스가 있었을 뿐이었지요.

그날의 축제는 학생들의 마음속에 아주 특별한 기억으로 남았답니다.

다트머스 학생들의 친구

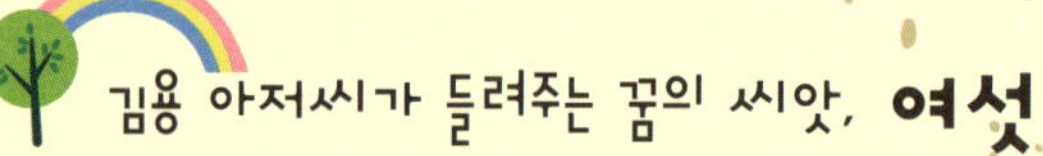

경청 : 사람의 마음을 여는 열쇠

잘 말하는 입보다 잘 듣는 귀가 더 중요해.

아저씨는 말을 썩 잘하는 편은 아니야.

많은 사람들을 만나서 대화를 나누고 연설을 하지만 말을 잘 하는 건

여전히 어렵게만 느껴지는걸.

하지만 아저씨는 누구보다 잘 하는 게 하나 있지.

뭐냐면, 바로 잘 듣는 거야.

에이~ 듣는 건 아무나 할 수 있는 거 아니냐구?

그냥 가만히 듣고만 있으면 되는데 뭐가 어렵냐구?

아냐, 그렇지 않아!

잘 듣는 건 잘 말하는 것보다 훨씬 어려운 일이란다.

네 주변 친구들을 봐봐. 말 잘 하는 친구들은 제법 많을 거야.

하지만 상대의 이야기를 잘 들어 주는 친구는 흔치 않지.

누군가의 이야기를 잘 듣는다는 건 그 사람으로부터 호감을 얻을 수

있는 가장 좋은 방법이야.

내가 세계은행 총재 후보였을 때 많은 신흥국의 지도자들은 나를 꺼려 했단다.

그건 내가 미국 측 후보이기 때문이었어. 그때 난 그들에게 나를 지지해 달라고 말하지 않았어.

오히려 먼저 그들의 이야기를 잘 들으려고 애썼지.

내가 먼저 그들의 이야기에 귀를 기울이자 그들은 내게 서서히 마음을 열기 시작했어.

결국 그들 모두는 내 친구가 되어 나를 지지해 주었단다.

너도 다른 사람의 이야기를 경청하는 습관을 가져보렴.

이야기를 들을 때 상대방과 눈을 맞추고 고개를 끄덕이거나 맞장구를 치는 제스처도 아주 좋은 경청 방법이야.

상대의 이야기를 잘 들어 줄 수 있다면 넌 모든 사람들과 친구가 될 수 있어.

심지어 너를 싫어하는 사람들조차도

네 편으로 만들 수 있지.

경청의 왕, 나 김용처럼 말이야.

다트머스 학생들의 친구

나에겐 더 큰 꿈이 있어요

그의 꿈은 바로 '세상 모든 사람들이 행복해지는 것'입니다.
그는 꿈을 향해 쉬지 않고 뚜벅뚜벅 걸어왔습니다.
이제 김용은 꿈을 활짝 펼칠 수 있는 곳에 서 있습니다.
그리고 그 꿈을 세상 모든 사람들과 함께 이루어나갈 것입니다.

나에겐 더 큰 꿈이 있어요

또 한 번의 기회   최근 세계의 경제가 어려워졌어요. 때문에 가난한 나라의 사정은 더욱 열악해져만 갔어요. 경제가 나빠지면 부자 나라들이 가난한 나라에 대한 지원을 점점 줄이기 때문이지요.

그런 어려운 상황에서 세계은행 총재인 로버트 졸릭이 5년간

세계의 경제 대통령 김용 아저씨의 7가지 꿈의 씨앗

의 임기를 마치고 퇴임하게 되었어요.

미국 대통령 오바마의 고민은 날로 깊어져만 갔어요.

'다음 총재는 누구로 하지? 세계은행 총재는 세계 경제에 정통한 것도 중요하지만 그보다 가난한 제3세계 나라들을 잘 이해하고 봉사심이 투철한 인물이 맡아야만 하는데…….'

하지만 그런 인물을 찾기란 하늘의 별 따기였지요.

오바마 대통령은 고민 끝에 힐러리 클린턴 국무장관을 불러 의논했어요.

"세계은행 총재에 적당한 인물을 찾기가 매우 어렵군요. 괜찮다면 장관께서 총재가 되어주지 않겠소?"

그러자 힐러리 장관이 말했어요.

"대통령님, 세계은행 총재에는 저보다 더 적합한 인물이 있습니다."

오바마 대통령이 반색을 하며 물었어요.

"그래, 그게 누구입니까?"

"짐 용 킴입니다."

"짐 용 킴?"

오바마 대통령에게는 낯선 이름이었어요.

"그는 제3세계 사람들을 위해 오랫동안 봉사를 해온 봉사심

나에겐 더 큰 꿈이 있어요

이 투철한 사람입니다. 제 오랜 친구이기도 하지요."

김용과 힐러리 국무장관의 남편인 빌 클린턴 전 미국 대통령은 PIH 시절부터 함께 오랫동안 봉사활동을 해온 각별한 친구 사이였어요. 때문에 힐러리 국무장관은 김용의 봉사심과 사람 됨됨이를 잘 알고 있었어요. 그래서 더욱 강력하게 추천할 수 있었어요.

하지만 오바마 대통령에겐 생소한 인물이라 선뜻 결정하지 못하고 있었어요.

그러자 옆에 있던 가이트너 재무장관이 거들었어요.

"저도 국무장관님과 의견이 같습니다. 그는 빈민들을 위해 열정적으로 헌신하는 사람입니다. 세계은행 총재 자리에 딱 어울리는 사람입니다."

두 장관의 강력한 추천에 오바마 대통령은 김용을 백악관으로 불렀어요.

김용과 오바마 대통령은 많은 이야기를 나누었어요. 김용과 오랜 시간 이야기를 나눈 오바마 대통령은 김용이 바로 자신이 애타게 찾던 인물임을 알 수 있었어요.

'과연 두 장관의 눈이 틀리지 않았군. 세계은행 총재 자리에 안성맞춤인 인물이야.'

김용도 오바마 대통령에게 호감을 느꼈어요. 특히 오바마 대통령의 몸에 배인 겸손과 배려는 김용을 감동시키기에 충분했어요.

'역시 듣던 대로 오바마 대통령은 훌륭한 분이구나!'

어느새 두 사람은 오랜 친구 사이처럼 친해졌어요. 서로 편하게 농담을 건넬 정도였지요. 한참 동안 정답게 이야기를 나누던 오바마 대통령이 갑자기 진지한 표정으로 물었어요.

"총장님, 세계은행 총재 자리가 비었습니다. 차기 총재로는 어떤 사람이 좋을까요?"

김용은 망설임 없이 대답했어요.

"대통령님, 지구상의 어떤 나라도 혼자서 살아갈 수는 없습니다. 가난한 나라와 더불어 살아가고 함께 성장해야만 합니다. 그런 생각을 가진 인물이 세계은행 총재에 적임자라고 생각합니다."

오바마 대통령은 말없이 고개를 끄덕였어요. 그리고 속으로 이렇게 생각했어요.

'짐 용 킴, 바로 당신이 적임자요.'

나에겐 더 큰 꿈이 있어요

세계 은행 총재로 지명되다

김용을 신뢰하게 된 오바마 대통령은 신속하게 일을 추진했어요. 세계은행 총재는 잠시도 비워 둘 수 없는 중요한 자리였으니까요.

오바마 대통령은 백악관에서 기자회견을 열었어요.

대통령의 갑작스러운 기자회견 요청에 미국의 주요 언론사 기자들은 물론이고 정치계와 경제계의 영향력 있는 인사들이 모두 백악관으로 모여들었어요.

"대통령의 긴급 기자회견이라니 도대체 무슨 일이지?"

"뭔가 중대한 발표가 있을 모양이야."

이윽고 오바마 대통령이 기자회견장에 모습을 드러냈어요. 오바마 대통령 옆에는 아시아계 남자 한 명이 서 있었어요. 두 사람의 다정한 모습은 마치 절친한 친구 사이처럼 보였어요.

"아니, 오바마 대통령 옆에 서 있는 저 남자는 누구지?"

"글쎄, 무척 친한 사이처럼 보이는데?"

기자들은 웅성거렸어요. 모두들 오바마 대통령의 입만 뚫어지게 쳐다보고 있었어요. 아시아계 남자를 데리고 나온 이유가 몹시 궁금했거든요.

세계의 경제 대통령 김용 아저씨의 7가지 꿈의 씨앗

“저는 오늘 여러분에게 신임 세계은행 총재로 매우 적합한
인물을 소개하려고 합니다.”

　모두들 깜짝 놀라서 장내가 조용해졌어요. 누구도 예상하지
못한 일이었거든요.

나에겐 더 큰 꿈이 있어요

"여기 김 총장은 20년이 넘게 가난한 나라의 환자들을 위해 헌신해왔습니다. 또한 다트머스 대학을 이끌며 재정위기를 극복한 경험도 있지요. 그는 내가 아는, 가장 이상적인 세계은행 총재 후보입니다. 그것은 그가 걸어온 삶을 통해 확인할 수 있습니다."

오바마 대통령은 김용이 가장 이상적인 세계은행 총재임을 몇 번이고 강조했어요.

너무 갑작스러운 발표에 사람들은 당황했고, 기자회견장은 찬물을 끼얹은 듯 썰렁해졌어요.

오바마 대통령이 말을 이었어요.

"다만 한 가지, 김 총장에게 못마땅한 점이 있다면……."

사람들은 모두 귀를 쫑긋 세워 오바마 대통령의 다음 말을 기다렸어요. 세계은행 총재로서 무언가 결점이 있다면 큰일이니까요.

"그건 바로…… 그의 골프 실력이죠. 부러워 화가 날 정도라니까요."

"하하하하."

"허허허."

잔뜩 긴장했던 사람들은 허탈한 표정으로 웃음을 터뜨리고

말았어요. 덕분에 썰렁했던 기자회견장이 한결 부드러워진 건
말할 것도 없지요. 그만큼 김용이 결점이 없을 정도로 완벽한
세계은행 총재 후보임을 우회적으로 표현한 오바마 대통령의
재치였어요.

오바마 대통령이 김용을 세계은행 총재 후보로 공식 지명하
자 많은 사람들이 환영을 했어요. 힐러리 클린턴 국무장관과
가이트너 재무장관은 물론이고 김용의 오랜 봉사 친구인 빌 클
린턴 전 미국 대통령도 "매우 탁월한 선택"이라며 김용을 강력
하게 지지했어요. 미국에 사는 우리나라 교포들도 기뻐했음은
말할 필요도 없지요.

거센 반대와 떠오르는 경쟁자들

하지만 모든 사람들이 환영한 것
은 아니었어요.

김용이 세계은행 총재로 지명되자 이를 비판하는 목소리가
곳곳에서 터져 나왔어요. 미국 대통령인 오바마가 김용을 후

나에겐 더 큰 꿈이 있어요

보로 지명했지만, 오히려 가장 맹렬히 비난했던 것은 미국 언론들이었어요.

미국의 대표적인 경제신문인 월스트리트저널은 다음과 같이 말했어요.

"평생 봉사만 하던 사람이 경제에 대해 무엇을 알겠는가?"

영국의 한 유력 일간지는 더욱 가혹했어요.

"김용, 그는 무면허 운전자다."

김용이 세계은행 총재로서 자격이 없다는 것을 빗댄 말이지요.

또한 세계 각국의 언론들도 김용을 후보로 지명한 것에 대해 못마땅하게 여겼어요.

이미 UN 사무총장을 한국인이 맡고 있는 상황에서 또 주요 세계 기구인 세계은행의 총재 자리를 한국계 출신이 맡는다는 사실에 불만이 이만저만이 아니었어요.

"이러다가 전 세계 기구의 주요 자리는 한국인이 다 차지하겠군."

특히 신흥국들은 집단 반발할 기세였어요. 이런 신흥국들의 세력을 등에 업고 두 명의 강력한 후보가 김용의 경쟁자로 급부상했어요.

나이지리아의 여성 재무장관인 응고지 오콘조 이웰라와 전 콜롬비아 재무장관인 호세 안토니오 오캄포였어요. 그들은 이미 세계은행에서 일해 본 경험과 자국에서 재무장관을 지낸 경제 전문가라는 점을 무기로 앞세워 김용을 압박했어요. 특히 응고지는 나이지리아와 남아프리카공화국, 앙골라 등 제3세계 국가들의 전폭적인 지지를 받고 있었기에 김용에게는 상당히 위협적인 존재였어요.

응고지는 기자회견에서 이렇게 말을 할 정도로 강한 자신감을 드러냈어요.

"나는 세계은행 총재에 가장 적합한 인물이다. 내가 너무 자신만만한가? 나는 절대적으로 자신 있다!"

두 명의 강력한 후보는 김용이 세계은행 총재가 되기 위해서는 반드시 넘어야만 할 큰 산이었답니다.

밀알 같은 마음으로…

세계은행 후보에 오른 김용은 중국, 일본, 한국, 브라질 등 7개 나라를 잇달아 방문해 그곳의 지도자들을 만났어요. 그들의 이야기를 경청하고 지지를

나에겐 더 큰 꿈이 있어요

부탁하기 위해서였지요.

힘든 여정이었어요. 우리나라를 제외한 대부분의 신흥국들은 미국이 지명한 김용에 그리 호의적이지 않았거든요.

하지만 그중에서도 가장 어려운 나라는 브라질이었어요. 브라질은 미국에 큰 불만을 가지고 있었어요. 그도 그럴 것이 1944년 세계은행 설립 이후 총재 자리는 늘 미국인들이 독차지하고 있었거든요.

이번만큼은 절대 미국에 양보할 수 없다는 게 브라질의 입장이었어요. 또한 브라질은 중국, 러시아, 남아공 등과 연합해서 제2의 세계은행을 설립하기 위해 움직이고 있었어요.

'이번에도 미국 맘대로 결정을 한다면 가만있지 않겠어!'

기존의 세계은행을 완전히 무시하겠다는 일종의 반란(?)인 셈이었지요.

잘못하다가는 김용이 세계은행 총재가 되기는커녕 세계은행이 둘로 쪼개질지도 모르는 상황이었어요. 이대로 있을 수는 없었어요. 설사 자신이 총재가 되지 못하는 한이 있더라도 세계은행이 둘로 쪼개지는 상황만큼은 막아야 했어요.

김용은 브라질을 방문해서 재무장관인 기도 만테가를 만났

어요. 아니나 다를까 김용을 바라보는 만테가 장관의 시선이
곱지만은 않았어요.

'흥! 무슨 달콤한 말로 나를 구슬리려고…….'

만테가 장관의 눈빛이 그렇게 말하고 있는 것만 같았어요.

두 사람 사이에 긴 침묵이 흘렀어요. 두 사람 사이에 가로놓
인 벽을 깨뜨리지 못한다면 세계은행은 이대로 두 개로 갈라지
고 말 것이 분명해 보였어요.

"김 총장, 우리는 이미 지지하는 후보가 있소. 미안하지만
그냥 돌아가는 게 좋겠소."

만테가 장관은 더 이상 할 말이 없다는 듯이 고개를 가로저
었어요. 브라질이 경쟁자인 응고지를 지지한다는 것은 김용도
이미 알고 있는 사실이었어요.

하지만 이대로 물러설 수는 없었어요.

"장관님! 저는 미국을 대표하는 후보입니다. 하지만, 저는
신흥국인 한국에서 어린 시절을 보냈지요. 50년 전 한국은 지
구상에서 가장 가난한 나라였습니다. 하지만 지금 한국을 보십
시오. 세계가 부러워하는 나라가 되었습니다. 어느 나라도 희
망이 없는 나라는 없습니다. 제가 세계은행 총재가 된다면, 가
난한 나라의 꿈과 희망을 적극 돕겠습니다."

나에겐 더 큰 꿈이 있어요

김용은 자신의 포부를 밝혔어요. 하지만 만테가 장관은 김용을 말을 듣는 둥 마는 둥 했어요.

사실 만테가 장관은 김용의 행동을 주의 깊게 관찰하고 있었어요. 사람을 보여주는 건 그 사람의 말이 아닌 행동이란 걸 잘 알고 있었기 때문이지요.

만테가 장관 눈에 비친 김용은 매우 겸손한 사람이었어요.

강대국인 미국을 대표하는 유력한 후보임에도 김용은 전혀 거만한 태도를 보이지 않았어요. 오히려 항상 자신을 낮추고 상대의 이야기를 경청했지요.

또한 김용은 경쟁후보를 절대 비방하지 않았어요. 그들에 관하여 물으면 김용은 항상 이렇게 대답했어요.

"두 분 모두 훌륭한 후보입니다. 그분들은 제가 게을러지지 않도록 늘 채찍이 되어 주신답니다."

그런 김용의 태도는 만테가 장관에게 깊은 인상을 주었어요.

김용을 바라보는 장관의 눈빛이 달라졌어요.

'흠! 어쩌면 이 사람이라면……'

만테가 장관은 김용 앞에서 지지를 하겠다고 말하지는 않았어요. 하지만 전과 달리 김용을 매우 호의적으로 대했어요.

김용이 돌아간 후 비서가 만테가 장관에게 물었어요.

"장관님! 미국 측 후보를 만나보시니 어떻습니까?"

만테가 장관은 혼잣말하듯 중얼거렸어요.

"음…… 과연 오바마 대통령이야. 후보 하나는 쓸 만하더군."

돌아서는 신흥국들

밀알처럼 고개를 숙이는 김용의 진심 어린 행동 때문이었을까요? 신흥국들은 속속 김용을 향해 돌아섰어요.

가장 먼저 김용을 지지하고 나선 것은 중국이었어요. 중국은 언론을 통해 성명을 발표했어요.

"김 후보는 가난한 나라에서 질병과 맞서 싸운 봉사심이 투철한 인물이다. 우리 중국은 그를 지지한다."

아시아에서 가장 큰 나라인 중국이 지지를 선언하자 일본, 인도 등 아시아의 여러 나라들이 잇달아 김용을 지지하고 나섰어요.

PIH 시절 김용에게 도움을 받았던 러시아도 김용을 지지하

나에겐 더 큰 꿈이 있어요

는 쪽으로 돌아섰어요.

"짐 용 킴이라면 세계은행 총재로 적임자요. 그는 우리의 영
원한 친구요."

브라질은 응고지 후보의 지지를 철회했어요. 미국 후보인
김용을 드러내놓고 지지하기에는 뭔가 자존심이 상하지만 반
대하지는 않겠다는 우회적 지지 표명이었지요.

응고지 후보의 모국인 나이지리아와 앙골라, 남아공을 제외
한 대부분의 나라들이 김용의 지지를 선언했어요.

이러한 압도적인 지지에 힘입어 김용은 세계은행 총재에 당
선되었답니다. 아시아계 최초의 세계은행 총재가 탄생하는 감
격스런 순간이었지요.

잊지 않을게요 다트머스

　　　　　　　　　　김용이 세계은행 총재에 당선되었다
는 소식을 들은 다트머스 학생들은 들끓었어요.

김용 앞으로 수백 통의 메일이 쇄도했어요. 학생들은 김용
을 만나러 총장실에 떼 지어 찾아왔어요.

“짐, 우리를 정말 떠날 건가요?”

“짐, 우린 친구잖아요. 계속 우리 친구로 남아줄 순 없나
요?”

“우리의 영원한 총장님이 되어 주세요, 네?”

김용은 그들 얼굴 하나하나를 모두 기억할 수 있었어요. 그
들은 모두 김용의 친구였어요. 함께 운동을 하고 고민을 털어
놓고 밤새워 토론을 하던 낯익은 얼굴들이었지요.

김용은 그런 그들에게 아무런 말도 할 수 없었어요.

“정말이군요. 정말 떠나는 거군요.”

몇몇 학생은 끝내 울음을 터뜨리고 말았어요.

언제나 강한 김용이었지만, 학생들의 눈물 앞에서는 어찌

할 바를 몰랐답니다.

오랜 생각 끝에 김용은 학생들에게 메일을 쓰기로 결심했어요. 자신이 다트머스를 떠날 수밖에 없는 이유를 솔직하게 털어놓고 학생들에게 이해를 구하고 싶었거든요.

김용은 메일을 쓰기 위해 컴퓨터 앞에 앉았어요.

'어쩌면 이게 다트머스 총장으로서 학생들에게 보내는 마지막 메일이 될지도 모르겠구나!'

그런 생각이 들자 김용은 너무나 마음이 아픈 나머지 도저히 메일을 쓸 수 없을 것만 같았어요.

김용은 마음을 다잡았어요. 지금 김용은 이제껏 써 본 어떤 편지보다 힘든 편지를 써야만 하니까요.

사랑하는 다트머스 학생들에게

…… 제가 살면서 어디를 가든 무엇을 하든, 저는 여러분의 친구이며 다트머스의 17대 총장입니다. 이 사실을 자랑스럽게 여길 것이고, 인연의 끈을 놓지 않을 것입니다. 제가 지금 매고 있는 이 다트머스 타이를 오랫동안, 아주 오랫동안 매고 다닐 생각입니다.

다트머스 17대 총장 짐 용 킴

김용은 학생들과의 약속을 지켰어요.

세계은행 총재로 취임할 때도, 총재로서 첫 출근을 할 때도, 김용의 가슴엔 항상 다트머스를 상징하는 초록색 타이가 매어져 있었답니다. 세상 모든 사람들에게 다트머스 이야기를 들려주고 싶었기 때문이었어요.

김용 총재의 초록색 타이는 수많은 방송과 신문을 통해 전 세계로 퍼져 나아갔어요. 그 때문일까요? 예전에는 다트머스라는 이름조차 들어본 적 없는 사람들도 이제는 모두 다트머스를 알게 되었어요. 이제 다트머스는 세계인들에게 익숙한 대학이 되었답니다.

정들었던 다트머스와의 이별은 김용의 가슴을 몹시 아프게 했어요. 하지만 세계의 가난한 나라들을 위해 일하는 것은 김용에게 주어진 크나큰 사명이었어요.

김용은 언제나 학생들에게 이렇게 가르쳤어요.

"세계의 문제가 곧 여러분 자신의 문제입니다. 우리는 세상을 좀 더 살기 좋은 곳으로 바꾸어야 할 책임이 있습니다."

이제 그 가르침을 행동으로 보여주기 위해 먼 길을 나선 것이었어요.

나에겐 더 큰 꿈이 있어요

콜 미, 짐!
(짐이라고 불러주세요)

새벽부터 전 세계에서 모인 수백 명의 취재진들이 세계은행 건물 앞에서 진을 치고 있었어요. 바로 2012년 7월 1일이 아시아계 최초 세계은행 총재의 첫 출근 날이었거든요.

출근시간이 가까워 오고 있었어요. 취재진들은 시계바늘을 바라보며 초조하게 기다리고 있었어요.

"지금쯤 슬슬 나타날 때가 되었는데……."

그때 멀리서 한 남자가 가방을 들고 세계은행 건물을 향해 뚜벅뚜벅 걸어오고 있었어요.

"저 남자는 누구야?"

"몰라, 세계은행 직원이겠지 뭐."

누구도 그 남자에게 관심을 갖지 않았어요. 모두들 어서 신임 총재를 태운 멋진 리무진이 경호원의 호위를 받으며 등장하기만을 학수고대하고 있었어요.

그때 누군가 외쳤어요.

"저 사람이다. 저 사람이 신임 총재 짐 용 킴이다."

그제야 사람들이 그 남자를 바라보았어요. 부드러운 인상

세계의 경제 대통령 김용 아저씨의 7가지 꿈의 씨앗

의 아시아계 남자, 그는 틀림없는 신임 세계은행 총재 김용이었어요.

"오~ 이런! 맙소사."

"아~ 악! 늦어버렸어. 이래서야 뒤통수밖에 찍을 수 없잖아."

뒤늦게서야 그를 알아 본 취재진들은 일제히 카메라 플래시를 터뜨려대기 시작했어요.

"아니, 어떻게 된 거지? 세계은행 총재가 걸어서 출근을 하다니!"

예상치 못한 일에 사람들은 모두 어리둥절한 표정으로 고개를 갸웃거렸어요. 그도 그럴 것이 세계은행 총재라면 미국 대통령에 비견될 정도로 높은 자리거든요. 그런 그가 경호원도 전용차도 없이 직접 가방을 들고 걸어서 출근하는 모습은 많은 사람들을 놀라게 할 만했지요.

권위와 격식을 차리지 않는 김용의 소탈한 성격을 엿볼 수 있는 행동이었어요. 또한 스스로를 낮추어 모두와 소통하는 총재가 되겠다는 김용 스스로의 다짐이기도 했지요.

첫 출근을 한 김용이 가장 먼저 한 일 역시 직원들과의 '소통'이었어요.

나에겐 더 큰 꿈이 있어요

김용은 직접 그들이 일하고 있는 사무실을 찾아갔어요. 누구도 예상하지 못한 일이었어요. 직원들은 깜짝 놀라 자리에서 벌떡 일어났어요.

"아니! 총재님께서 직접 오시다니."

김용은 직원들에게 일일이 악수를 청하며 고개를 숙였어요.

"짐 용 킴입니다. 잘 부탁드립니다."

"함께 일하게 되어 영광입니다. 프레지던트"

프레지던트는 대통령이나 대통령과 동급인 세계 기구의 우두머리를 부르는 최고의 존칭이에요.

"앞으로는 프레지던트 말고 그냥 편하게 짐이라고 불러주세요."

"아니, 어떻게 총재님 이름을……."

김용은 그들 모두에게 총재님이 아닌 '짐'으로 불리고 싶었어요. 다트머스 총장 시절처럼 세계은행 직원 모두와 격의 없이 어울리고 싶었기 때문이지요.

그런 김용의 모습은 세계은행 직원들에게 신선한 충격이었어요.

"이번 총재님은 뭔가 다르지 않아?"

"그러게, 정말 겸손하고 훌륭하신 분 같아."

여직원들은 이렇게 농담을 하기도 했어요.

"어쩜 좋아? 난 짐에게 반한 것 같아."

김용의 소통은 세계은행 안에서만 이루어졌던 건 아니었어요.

김용은 전 세계를 향해 귀를 열었답니다. 김용은 세계은행 웹사이트에 '김용에게 물어보세요' 라는 코너를 만들었어요.

국적과 성별, 나이, 직위를 막론하고 누구든 의견을 올리고 궁금한 것을 물어볼 수 있는 열린 코너였어요. 빈곤 문제를 세계인들과 머리를 맞대고 함께 풀어 가겠다는 김용의 강한 의지를 보여준 것이었어요.

스스로를 낮추어 소통하는 세계은행 총재 김용. 세계은행에는 새로운 바람이 불고 있었어요.

마지막 숨까지, 세상을 위해 …

미국 워싱턴에 있는 세계은행 청사. 정문에는 다음과 같은 글귀가 새겨져 있답니다.

나에겐 더 큰 꿈이 있어요

We dream of a world free of poverty.

우리는 가난이 없는 세상을 꿈꾼다.

이 글귀를 볼 때면 김용은 가슴이 벅차올랐어요. '가난과 질병이 없는 세상', 김용이 꿈꿔온 세상이었어요. 그 꿈을 이루기 위해 평생 동안 싸워왔지요. 하지만 김용은 알고 있답니다. 어쩌면 이 싸움은 영원히 끝나지 않을지도 모른다는 것을.

이제 김용은 세계은행 총재가 되었습니다. 많은 사람들이 그를 세계의 경제 대통령이라 부르며 부러워하지요.

하지만 그의 꿈은 아직 이루어진 게 아닙니다. 김용에게는 더 큰 꿈이 있기 때문이지요. 그의 꿈은 바로 '세상 모든 사람들이 행복해지는 것'입니다.

세계의 경제 대통령 김용 아저씨의 7가지 꿈의 씨앗

그는 꿈을 향해 쉬지 않고 뚜벅뚜벅 걸어왔습니다. 이제 김용은 꿈을 활짝 펼칠 수 있는 곳에 서 있습니다. 그리고 그 꿈을 세상 모든 사람들과 함께 이루어나갈 것입니다.

사람들은 그에게 묻곤 합니다.
'이만하면 이제 충분히 성공한 것 아닙니까?'
그럴 때면 김용은 말없이 웃으며 고개를 가로젓는답니다. 어쩌면 그가 성공했다고 말할 수 있는 그날은 영원히 오지 않을지도 모릅니다.
마지막 숨을 내쉬는 그 순간까지 세상을 위해 헌신하는 것, 그것만이 그가 생각하는 성공이니까요.

이제 그는 세계은행이라는 큰 세상에서 새로운 도전을 시작하려 합니다. 그의 도전은 결코 멈추지 않을 겁니다.
세상에 가난과 질병이 사라지는 그날까지…….

나에겐 더 큰 꿈이 있어요

더 큰 꿈 : 나의 행복, 그 이상의 꿈

김용 아저씨의 부탁

나는 세계은행 총재가 되었단다. 이제는 많은 사람들이 나를 세계의 경제 대통령이라고 부르지. 그리고 모두들 나를 부러워하지. 하지만 나는 내가 성공했다고 생각하지 않는단다. 나에겐 더 큰 꿈이 있기 때문이야. 지금의 작은 성공은 그 큰 꿈을 위한 새로운 시작일 뿐이야. 내 꿈은 바로, '세상 모든 사람들이 행복해지는 것' 이란다.

PIH에서 결핵 퇴치를 위해 애쓸 때도, WHO 시절 아프리카에서 에이즈와 힘겹게 싸울 때도, 내 꿈은 언제나 모두가 행복한 세상을 만드는 거였어. 수십만 명의 결핵 환자를 치료하고 수백만 명의 에이즈 환자를 살렸지만 난 아직 성공한 건 아냐. 이제 겨우 시작일 뿐인 걸.

어쩌면 내가 성공했다고 말할 수 있는 그날은 영원히 오지 않을지도 몰라. 마지막 숨을 내쉬는 그 순간까지 세상을 위해 헌신하는 것, 그게 내가 생각하는 성공이니까.

어때? 너무 거창한 꿈처럼 느껴지니? 하지만 난 그렇게 생각하지 않아.

세계의 경제 대통령 김용 아저씨의 7가지 꿈의 씨앗

처음엔 뭐든 어렵고 불가능해 보이는 법이거든. 하지만 한 걸음 또 한

걸음 천천히 나아간다면 오르지 못할 산이 없듯이 꾸준히 노력한다면

세상에 할 수 없는 일이란 없단다.

너에게도 꿈이 있니? 그 꿈은 무엇이니? 아직 없다고?

그렇다면 네가 되고 싶은 것이 무엇인지 먼저 찾으렴. 그리고 그걸 해

내겠다고 결심을 하는 거야.

할 수 없다고 말하지 마. 두렵다고도 말하지 마. 넌 꿈을 이룰 수 있어.

꿈을 이루는 방법은 바로 '지금 시작' 하는 거야!

너도 시작해 봐! 이 아저씨가 도와줄게. 아저씨도 네가 서 있는 바로

그 자리에서 시작했거든.

마지막으로 아저씨가 네게 한 가지 부탁이 있어.

네 꿈이 무엇이든, 이 담에 네가 무엇이 되든 아저씨는 네가 네 자신의

성공을 위해 애쓰는 사람보단 세상을 바꾸기

위해 애쓰는 사람이 되길 바래.

너의 노력으로 세상이 조금 더 행복해진다면,

모두가 조금씩만 더 행복해진다면,

그래서 세상이 조금 더 살기 좋아진다면,

그게 '진짜 성공' 이 아닐까?

이 아저씨가 그랬듯이 말이야.

나에겐 더 큰 꿈이 있어요

더 알고 싶어요

★ 김용의 멘토들 – 마틴 루터 킹, 퇴계 이황, 이종욱 박사

★ 세계은행(The World Bank)은 어떤 곳인가요?

★ WHO(세계보건기구)는 무슨 일을 하나요?

★ 아이비리그, 우리는 이런 학생을 원해요

★ 김용의 멘토들 – 마틴 루터 킹, 퇴계 이황, 이종욱 박사

멘토란, 꿈을 이룰 수 있도록 도와주는 꿈 선생님을 말한답니다.

김용에게는 그런 꿈 선생님들이 세 분이나 계셨어요.

세계은행 총재가 되기까지 가난한 이들을 위해 헌신했던 김용.

꿈 선생님들은 김용에게 어떤 이야기를 들려주셨을까요?

김용의 꿈 선생님들, 함께 만나볼까요?

김용의 첫 번째 꿈 선생님,
마틴 루터 킹 주니어(Martin Luther King Jr.) 목사

김용 아저씨의 첫 번째 꿈 선생님 마틴 루터 킹 주니어(Martin Luther King Jr.) 목사님을 소개합니다.

마틴 루터 킹 목사는 1929년 1월 15일, 미국 조지아 주 애틀랜타에서 태어났습니다. 그 무렵 킹 목사가 살던 몽고메리 지역에는 '흑백분리법'이 있었어요. '흑백분리법'이란 흑인은 백인과 생활 모든 면에서 분리되어야 한다는 법이랍

더 알고 싶어요

니다.

흑인과 백인의 결혼이 금지되었으며, 학교, 식당, 교회에서도 흑인은 백인과 함께 지낼 수 없었습니다. 흑인을 인간 이하로 취급하는 아주 나쁜 법이었지요.

킹 목사는 이러한 나쁜 법을 없애고 흑인들의 인권을 찾기 위해 애썼습니다.

킹 목사는 절대로 폭력을 사용하지 않았습니다. 백인들이 무자비한 폭력으로 탄압을 해도 언제나 평화시위로 대응할 뿐이었습니다. 폭력은 더 큰 폭력을 불러올 뿐이라는 것을 알고 있었으니까요.

킹 목사의 노력으로 오랜 악법인 '흑백분리법'은 폐지되었습니다. 그러나 킹 목사의 흑인인권운동은 계속되었습니다. 흑인과 백인이 동등한 시민권을 얻기 위한 운동을 펼쳤고, 끊임없는 노력으로 1964년 흑인들에게도 백인들과 동등한 투표권이 주어졌답니다. 이러한 공로를 인정받아 킹 목사는 1956년 노벨평화상을 받았답니다.

킹 목사는 폭력을 미워했어요. 그리고 언제나 흑인들에게 백인들을 용서하고 사랑할 것을 강조했습니다. 하지만 킹 목사는 백인우월주의자들에게 끊임없는 폭력과 협박, 테러에 시달려야만 했습니다. 심지어는 집이 폭파되어 목숨을 잃을 뻔한 적도 있었습니다.

결국 1968년 4월 4일, 김용이 5살이 되던 해에 킹 목사는 백인우월주의자의 총에 암살을 당하고 말았습니다. 하지만 그의 정신은 지금까지

세계의 경제 대통령 김용 아저씨의 7가지 꿈의 씨앗

이어지고 있답니다.

미국인들은 매년 1월 셋째 주 월요일을 '마틴 루터 킹 데이'라고 정하고 그를 기리고 있습니다.

첫 번째 꿈 선생님 마틴 루터 킹 목사는 김용에게 '꿈을 위한 용기'를 가르쳐 주었답니다. 목숨을 위협받는 상황에서도 '나에겐 꿈이 있습니다.'라고 큰 소리로 외쳤던 마틴 루터 킹 목사.

꿈 선생님 마틴 루터 킹 목사의 가르침이 있었기에 김용은 어떤 어려움이 있어도 굴복하지 않고 용감하게 맞설 수 있었답니다.

김용의 두 번째 꿈 선생님, 퇴계 이황(退溪 李滉)

조선시대 청렴하고 겸손한 밀알 같은 선비, 김용의 두 번째 꿈 선생님 퇴계 이황을 소개합니다.

퇴계 이황은 조선시대인 1501년 경상북도 안동에서 태어났습니다. 태어난 지 불과 7개월도 안 된 어린 나이에 아버지를 여의고 홀어머니 밑에서 자랐답니다.

이황의 어머니는 누에치기를 하며 어렵게 이황을 키웠답니다.

어려운 환경 속에서도 이황의 어머니는 누구보다 이황을 엄격하게 교

더 알고 싶어요

육했습니다. 행여나 다른 사람들에게 과부 자식이라고 손가락질당할까 늘 걱정이었거든요.

어머니는 어린 이황에게 언제나 이렇게 말씀하셨어요.

"겸손과 예의를 잊어서는 안 된다."

이황은 어머니의 말씀을 받들어 한평생 겸양지덕(겸손하고 양보하는 착한 마음씨)을 실천하며 밀알처럼 살았답니다.

이황의 겸손한 마음씨를 보여주는 재미난 일화가 있습니다.

기대승이라는 한 젊은 선비가 이황에게 편지를 보냈답니다. 이황이 지은 책의 내용이 잘못되었다고 지적하는 내용이었지요.

당시 기대승은 막 과거에 급제한 신출내기 선비였고 이황은 성균관 대사성을 지낸 조선 최고의 학자였어요. 풋내기 선비가 감히 이황이 지은 책을 지적한다는 것은 당시로선 상상도 할 수 없는 일이었지요.

이황의 제자들은 분개하며 기대승을 혼내주려 했어요. 하지만 이황은 그를 비난하지 않았어요. 오히려 자신의 실수를 지적해 준 젊은 선비에게 감사를 표하며 무엇이 잘못되었는지 묻

세계의 경제 대통령 김용 아저씨의 7가지 꿈의 씨앗

는 편지를 보냈답니다. 그런데 그 편지글이 너무 정중한 나머지 마치 이황이 기대승의 제자처럼 보일 지경이었지요. 오랜 논쟁 끝에 이황은 자신이 틀렸음을 인정하고 책의 내용 중 일부를 수정했습니다.

조선 최고의 학자로 칭송받는 이황이 풋내기 선비에게 자신의 실수를 인정하기란 쉽지 않은 일이었어요.

젊은 선비 기대승은 그런 이황의 인품에 반해 제자가 되기를 간청했고 이황도 기대승의 재능을 높이 사 그를 제자로 받아들였답니다.

두 사람의 이야기는 선비들 사이에 널리 알려지며 사람들은 더욱 이황을 공경했답니다.

두 번째 꿈 선생님 퇴계 이황은 김용에게 '겸손'을 가르쳐 주었답니다. 김용이 언제나 자신을 낮추며 많은 사람들의 이야기를 경청할 수 있었던 것은 어릴 적 어머니가 들려주신 이황 선생의 '밀알 정신'을 기억하고 실천했기 때문입니다.

김용의 세 번째 꿈 선생님, 이종욱 박사

세계의 보건 대통령, 한국의 슈바이처, 백신의 황제, 행동하는 남자 등등은 모두 이종욱 박사를 가리키는 말이지요.

다양한 별명만큼이나 빛나는 업적을 남긴 김용의 세 번째 꿈 선생님 이종욱 박사를 소개합니다.

이종욱 박사는 대학 시절부터 모두가 꺼리는 한센병(나균 감염에 의하여 발생하는 만성 전염병) 환자들을 자진해서 돌볼 정도로 봉사심이 투철했어요.

서울대 의대를 졸업한 그는 미래가 보장되는 한국에서의 의사 생활을 포기하고 아내와 함께 오지로 의료봉사를 떠났답니다.

오지를 찾아다니는 의료봉사는 무척이나 고된 일이었어요. 하지만 그는 단 한 번도 자신이 희생이나 헌신을 한다고 생각하지 않았어요. 이종욱 박사에겐 의료봉사는 기쁨이었거든요.

물론 그에게도 견디기 힘든 순간이 있었어요. 포기할까 하고 생각했던 적도 있었고요. 그도 사람이었으니까요. 하지만 그를 붙잡았던 것은 어린아이들의 눈빛이었어요.

그는 이렇게 말했어요.

"아무리 힘들어도 아이들의 눈빛을 보면 희망이 생겨요. 제가 힘을 내야 하는 이유죠."

그런 그를 사람들은 한국의 슈바이처라고 불렀답니다.

그는 단지 봉사심만 투철했던 건 아니었어요. 유능한 의료행정가이기도 했어요.

그는 WHO에서 근무하며 소아마비를 세계인구 1만 명당 1명씩으로

떨어뜨리는 성과를 남겨 '백신의 황제'라는 별명을 얻기도 했답니다. 그런 공로를 인정받아 2003년 7월 21일 WHO 사무총장에 당선되었답니다. 그가 WHO 사무총장에 당선되었을 때 많은 사람들이 '인류애의 승리'라고 말하며 그의 당선을 기뻐했답니다.

김용은 세 번째 꿈 선생님 이종욱 박사에게 '행동'을 배웠습니다. 이종욱 박사는 언제나 이렇게 말씀하셨습니다. "옳다고 생각하면 행동해야 해. 돈이 없어서, 인력이 부족해서……. 다 핑계일 뿐이야." 꿈 선생님 이종욱 박사의 가르침 '행동', 김용은 그 가르침을 한 순간도 잊은 적이 없었답니다. 김용이 300만 명의 아프리카 에이즈 환자들을 단 일 년 안에 모두 치료하겠다고 장담했을 때 사람들은 모두 그를 비웃었어요. 하지만 김용은 '행동'했고 마침내 300만 명의 아프리카 사람들의 목숨을 구할 수 있었습니다.

더 알고 싶어요

★ 세계은행(The World Bank)은 어떤 곳인가요?

여러분은 '은행' 하면 무엇이 떠오르나요?

예금할 수도 있고, 돈을 빌려 주기도 하는 곳.

맞아요. 하지만 세계은행에는 여러분이 예금을 할 수 없어요.

세계은행은 여러분 같은 개인이 아닌 국가를 상대하는 은행이거든요.

그렇다면 김용 아저씨가 총재로 계신 세계은행은 어떤 곳인지 함께 알아볼까요?

세계은행은 1946년에 창설되어 지금은 188개의 회원국을 보유한 국제금융기관이랍니다. 반기문 총장님이 이끄는 UN 그리고 IMF와 더불어 세계 3대 기구(Big 3)라고 불릴 만큼 중요한 기관이지요.

세계은행은 주로 가난한 나라들이 경제 개발을 할 때 필요한 자금과 기술을 지원하는 일을 한답니다.

사실 우리나라는 세계은행과 인연이 매우 깊답니다. 1970년대까지만 해도 우리나라는 세계은행에서 많은 돈을 빌렸어요. 우리나라는 그 돈으로 고속도로와 지하철을 만들고 항구와 댐을 건설하는 등 국가 경제

세계의 경제 대통령 김용 아저씨의 7가지 꿈의 씨앗

발전에 필요한 기반을 닦을 수 있었답니다.

또한 우리나라가 세계 최고 IT 강국으로 발돋움하는 데에도 세계은행으로부터 많은 도움을 받았어요.

하지만 이제 우리나라는 도움을 받는 나라에서 도움을 주는 나라로 눈부신 성장을 했습니다.

세계에서 가장 가난한 나라이던 대한민국은 1970년 세계은행의 대표 이사국이 되었어요. 그리고 1985년에는 서울에서 총회를 열기도 했습니다.

세계은행에서 대한민국의 역할이 점점 커지고 있답니다.

이렇게 좋은 일을 많이 하는 세계은행이지만 그 동안 신흥국으로부터 많은 비난도 받아 왔답니다. 미국이 세계은행의 최대 주주인 만큼 미국의 눈 밖에 난 나라들은 대출을 받지 못하는 경우가 종종 있어왔거든요.

하지만 지금 세계은행은 변하고 있습니다. 언제나 약자들 편에 서는 로빈 후드(?) 김용이 세계은행의 총재가 되었으니까요.

전 세계는 새로운 변신을 준비하는 세계은행을 주목하고 있답니다.

더 알고 싶어요

★ WHO(세계보건기구)는 무슨 일을 하나요?

WHO에서 세계 10대 불량 식품을 발표했답니다.
세계 10대 불량식품에는 여러분이 좋아하는 햄버거, 소시지, 콜라,
프라이드 치킨, 과자 등이 포함되어 있어요.
이제부터 여러분이 좋아하는 간식들을 먹으면 안 된다니 너무 슬픈 일이지요?

그렇다면, WHO는 어떤 곳인지 함께 알아볼까요?

WHO는 UN(국제연합)의 산하 기관 중 하나랍니다.

여러분! UN은 모두들 잘 알고 있겠지요? 맞아요. 바로 여러분이 가장 존경하는 반기문 UN 사무총장님이 계신 곳이랍니다.

WHO는 UN의 여러 가지 업무 중 보건, 위생 분야를 담당하고 있어요.

WHO는 세계인의 건강과 위생 문제를 여러 나라가 함께 해결하려는 목적으로 만들어졌답니다. WHO는 1948년 4월 7일 창립되어 지금은 194개의 회원국을 보유하고 있고요.

우리나라는 1949년에 WHO 회원국으로 가입을 한 선배 회원국이랍니

다. 가입한 지 63년이나 되었다니 참 오래도 되었죠?

그렇다면 WHO는 세계인의 건강을 어떻게 책임지는지 함께 알아볼까요?

- 어느 나라에 전염병이 발생할 경우, 방역과 소독을 통해 다른 나라에 번지는 것을 방지한답니다.
- 가난한 나라에는 약품과 의료 장비를 무료로 제공하고 김용 아저씨처럼 유능한 의사도 파견한답니다.
- 약품, 식품, 건강에 관한 국제 표준을 정해 준답니다. 우리가 먹는 과자나 약에 들어가는 성분의 국제 표준을 만들어 인체에 위험한 물질은 넣지 못하도록 규정하고 감시하는 활동을 합니다.
- 건강에 관련된 정보들을 연구하고 발표합니다. 사람들에게 유익한 정보를 캠페인 등의 활동을 통해 홍보도 하구요.

참 많은 일들을 하죠? 건강을 위한 모든 일을 담당한다고 생각하면 되요. WHO가 말하는 건강은 몸에 병이 없는 것만이 아니랍니다. 몸과 마음이 안정되고, 가족, 친구 관계까지 좋은 행복한 상태를 말한답니다. 여러분! 건강해지는 거 어렵지 않아요. 엄마가 해 주시는 반찬 골고루 먹고 운동 열심히 하고 친구들과 사이좋게 지내는 것, 그게 세상에서 가장 건강한 거예요.

우리 친구들도 WHO가 인정하는 세계적인 ‘건강 짱!’ 이 되어 보아요.

더 알고 싶어요

★ 아이비리그, 우리는 이런 학생을 원해요

여러분! 혹시 아이비리그(Ivy League)라는 말을 들어 본 적 있나요?

아이비리그란 미국 동부 지역의 8개 명문 사립 대학을 말한답니다. 미국 학생들이 가장 가고 싶어 하는 대학들이죠. 우리나라로 따지면 서울대, 연세대, 고려대쯤 될까요?

아이비리그에 포함되는 8개 대학으로는 하버드, 예일, 프린스턴, 컬럼비아, 펜실베이니아, 브라운, 코넬, 그리고 김용 아저씨가 총장으로 있었던 다트머스가 있답니다.

이들 대학은 모두 오랜 역사와 전통을 자랑한답니다. 그래서 오래된 건물들이 많지요. 이런 오래된 건물들이 담쟁이덩굴(Ivy)로 덮여 있다고 해서 아이비리그, 그러니까 '담쟁이덩굴 대학들' 이라고 불리게 되었답니다.

그럼, 아이비리그에 들어가려면 어떻게 해야 할까요?

다트머스 총장이었던 김용 아저씨의 이야기를 들어볼까요?

1. 호기심 많은 학생

"공부만 잘하는, 공부밖에 모르는 '공부벌레' 는 이제 어느 대학에서도 원하지 않습니다. 대신 다양한 분야에 호기심을 가

세계의 경제 대통령 김용 아저씨의 7가지 꿈의 씨앗

지고 있는 학생을 찾고 있습니다. 어느 분야라도 좋아요. 음악, 미술, 아니면 나비에 관심이 많아서 나비에 관한 한 전문가 수준의 지식을 가진, 그런 배움에 대한 열정을 가진 학생을 찾고 있습니다."

2. 부모가 원하는 것이 아닌 내가 원하는 것을 하는 학생

"한 가지 분명한 것은 자신이 원하지 않는데 부모가 시켜서 어쩔 수 없이 해서는 안 된다는 겁니다. 명문대에 입학하기 위해 억지로 배낭여행을 간다든지, 봉사활동을 하는 것 말이에요. 우리 눈에 다 보여요. 학생이 스스로 원해서 했는지, 부모가 시켜서 어쩔 수 없이 했는지."

3. 나를 위한 공부가 아닌 세계를 위해 일할 준비가 되어 있는 학생

"우리는 면접을 볼 때 이 학생이 다트머스에 기여를 할 수 있는지 나아가 세계에 기여를 할 수 있는지를 봅니다. 그건 잠시만 대화를 나누어 봐도 쉽게 알 수 있어요. 이 학생이 자신만 생각하는지, 아니면 다른 사람에게 관심을 가지고 배려를 하는지."

잘 들었나요? 공부만 잘하는 '공부벌레' 는 글로벌 인재가 될 수 없답니다. 다양한 분야에 관심을 갖는 학생, 스스로 원하는 것을 찾아서 노력하는 학생, 타인을 배려할 수 있는 학생이야말로 아이비리그가 원하는 글로벌 인재랍니다.

김용 아저씨의
꿈의 7가지 씨앗

강좌명	수강료	학습일	강사
소방설비기사 필기+실기+기출문제풀이	370,000원	170일	공하성
소방설비기사 필기	180,000원	100일	공하성
소방설비기사 실기 이론+기출문제풀이	280,000원	180일	공하성
소방설비산업기사 필기+실기	280,000원	130일	공하성
소방설비산업기사 필기	130,000원	100일	공하성
소방설비산업기사 실기	200,000원	100일	공하성
화재감식평가기사·산업기사	192,000원	120일	김인범

◆ 환경 분야

강좌명	수강료	학습일	강사
대기환경기사·산업기사 필기	200,000원	180일	이승원
대기환경기사·산업기사 실기	100,000원	30일	이승원
수질환경기사 필기 과년도문제풀이 포함	170,000원	120일	장준영
수질환경산업기사 필기 과년도문제풀이 포함	150,000원	120일	장준영
수질환경기사·산업기사 필기	150,000원	90일	이승원
수질환경기사·산업기사 실기	100,000원	30일	이승원
폐기물처리기사·산업기사 필기	150,000원	90일	이승원
폐기물처리기사·산업기사 실기	100,000원	30일	이승원
온실가스관리기사·산업기사 필기	180,000원	60일	강헌, 박기학
온실가스관리기사·산업기사 실기	162,000원	60일	박기학
토양환경기사 필가+실기	400,000원	90일	이승원
환경기능사 필기·문제풀이+실기	210,000원	210일	이승원

대통령상 2회 수상

2019, 2020, 2021
3년 연속 소비자의 선택
대상 수상

중앙SUNDAY   중앙일보   산업통상자원부

성안당 e러닝 주요강좌

소방설비기사·산업기사	전기기사·산업기사/전자기사	산업안전기사
건축기사·산업기사	대기환경기사·산업기사	수질환경기사·산업기사
산업위생관리기사·산업기사	품질경영기사·산업기사	위험물산업기사·기능사
공조냉동기계기사·산업기사	가스기사·산업기사	빅데이터분석기사
G-TELP LEVEL 2	직업상담사	화학분석기사

성안당 e러닝 BEST 강의

전기/전자 오우진, 문영철, 류선희, 김영복, 김태영 교수

전기기능장, 전기기사·산업기사,
전기기능사, 전자기사

소방 공하성 교수

소방설비기사,
소방설비산업기사

G-TELP 켈리 교수

G-TELP LEVEL 2
최신 기출문제풀이,
G-TELP LEVEL 2
문법·독해&어휘

산업위생
서영민, 임대성 교수

산업위생관리기술사,
산업위생관리기사·산업기사

산업안전
강성모, 문명국, 이선용,
이홍주, 이준원, 최수범 교수

산업안전기사

화학/위험물
박수경, 현성호 교수

화공기사, 화학분석기사,
위험물기능장,
위험물산업기사, 위험물기능사

기계/농림
허원회, 이영복 교수

공조냉동기계기사,
에너지관리기사,
유기농업기사, 식물보호기사

건축/토목
안병관, 심진규, 최승윤,
신민석, 정하정 교수

건축기사, 건축일반시공산업기사,
전산응용건축제도기능사

성안당 e러닝 인기 동영상 강의 교재

" 국가기술자격 수험서는 49년 전통의 '성안당' 책이 좋습니다 "

서영민 지음
40,000원

현성호 지음
24,000원

공하성 지음
39,900원

문영철, 오우진 지음
33,000원

심진규, 이석훈 지음
20,000원

전수기 지음
12,700원

이시현 지음
35,000원

허준, 선세리 지음
28,000원

허원회 지음
38,000원

여승훈 지음
38,000원

이준원 외 지음
39,000원

김태영 지음
33,000원

* 상황에 따라 표지 및 가격 등 변동될 수 있음.